经典 名著
让阅读更有意义

新探案记

[英]柯南·道尔◎著

周丽霞◎编译

汕头大学出版社

图书在版编目（CIP）数据

新探案记／（英）柯南·道尔著；周丽霞编译. --

汕头：汕头大学出版社，2018. 3

ISBN 978-7-5658-3410-3

Ⅰ. ①新… Ⅱ. ①柯… ②周… Ⅲ. ①侦探小说-小

说集-英国-现代 Ⅳ. ①I561. 45

中国版本图书馆 CIP 数据核字（2018）第 007202 号

新探案记   XINTANANJI

作　　者：（英）柯南·道尔

编　　译：周丽霞

责任编辑：宋倩倩

责任技编：黄东生

封面设计：三石工作室

出版发行：汕头大学出版社

　　　　　广东省汕头市大学路 243 号汕头大学校园内　　邮政编码：515063

电　　话：0754-82904613

印　　刷：三河市天润建兴印务有限公司

开　　本：690mm×960mm 1/16

印　　张：12

字　　数：173 千字

版　　次：2018 年 3 月第 1 版

印　　次：2022 年 1 月第 2 次印刷

定　　价：59. 80 元

ISBN 978-7-5658-3410-3

导　读

阿瑟·柯南·道尔（1859—1930），英国杰出的侦探小说家、剧作家，毕业于爱丁堡医科大学，行医10余年，收入仅能维持生活，后撰写侦探小说。

道尔9岁时就被送入耶稣预备学校学习，当他在1875年离开学校时道尔已经对天主教产生厌恶情绪，而成为一名不可知论者。1876年至1881年间柯南·道尔在爱丁堡大学学习医学，毕业后作为一名随船医生前往西非海岸，1882年回国后在普利茅斯开业行医。

不过他行医并不太顺利，在此期间开始写作。在搬到南海城后，他才开始花更多的时间在写作上。道尔的第一部重要作品是发表在《1887年比顿圣诞年刊》的侦探小说《血字的研究》，该部小说的主角就是之后名声大噪的夏洛克·福尔摩斯。

1891年11月在一封道尔给母亲的信中写道，"我考虑杀掉福尔摩斯……把他干掉，一了百了。他占据了我太多的时间。"1893年12月在《最后一案》中，道尔让福尔摩斯和他的死敌莫里亚蒂教授一起葬身莱辛巴赫瀑布。但是小说的结局令读者们非常不满，那些喜欢福尔摩斯的读者很气愤，经常去他家干砸玻璃的一类事。

这使得道尔最终又让福尔摩斯重新"复活"，在1903年道尔发表了《空屋》，使福尔摩斯死里逃生。道尔一生一共写了56篇短篇侦探小说以及4部中篇侦探小说，全部以福尔摩斯为主角。

故事的主要发生在1878年至1907年间，最晚的一个故事是以1914年为背景。这些故事中两个是以福尔摩斯第一口吻写成，还有两个以第三人称写成，其余都是医生华生的叙述。

柯南·道尔作品经典的侦探小说《福尔摩斯探案全集》，包括《冒险追踪记》系列、《回忆录》系列、《归来探案记》系列、《最后致意》系列、《新探案》系列、《血字的研究》《恐怖谷》《巴斯克维尔的猎犬》《四签名》。

本书中的作品谴责了各种犯罪和不道德行为，宣扬善恶有报和法网难逃的思想，在普通公众中引起心理共鸣。福尔摩斯作为一个文学形象已经深入人心。作品虽然缺乏深刻的、真正的社会意义，但是由于作品合乎逻辑，情节惊险，引人入胜，结构起伏跌宕，人物形象鲜明，涉及当时英国社会现实，以至风靡欧洲，在世界上有广泛的影响。

目 录

显贵的主顾

　　在我差点把嘴皮子都磨破的情况下，我的老朋友福尔摩斯才允许我把这个有点滑稽的案件展示出来。福尔摩斯对这个案子也非常重视。

　　1903年9月3日，我和我的老朋友福尔摩斯来到了北埃普顿街浴室的二楼。那天，我们的心情很愉悦。在浴室里，他的表情比往常丰富多了，他说话的语速明显比平常快。于是我们选择了一个比较安静的地方，然后躺在躺椅上聊了起来。在这样的环境和氛围下，我们的谈话像浴池里的水一样多。

　　我半眯着眼问他："最近有没有破获什么奇特的案子啊？"

　　"有！"福尔摩斯哼了一声，然后他把手臂从被单里伸了出来，在旁边的外套口袋里取出了一个信封。

　　他一边拆信封一边对我说："你肯定会对这件东西感兴趣的。但是，我必须告诉你，我是刚刚收到这封信的。我的朋友，我的很多事情你都知道，我想这封信我也不该隐瞒你。"

　　我接过他递过来的信，展开了信纸：

　　尊敬的福尔摩斯先生：

　　　　你好！我准备在明天下午4时30分登门拜访你。我来是想向你请教一些问题，当然这些问题是很棘手的，它们一直困扰着我，我希望能够得到你的帮助。如果你同意帮助我的话，请打电话联系我。

　　　　谢谢！

　　　　　　　　　　　　　　　　詹姆斯·泰默雷爵士敬上

我看完信后，福尔摩斯就用眼睛盯着我，说道"喔，朋友，你不要用这样的眼光看着我，我们俩心里想的都是同一个答案，是的，我愿意帮助我这位主顾。"

　　"嗯，詹姆斯爵士在交际圈里可不简单呀！"

　　"你对詹姆斯爵士知道得不少，我或许比你知道得更多，他最擅长处理那些不可见人的丑事，很多棘手的问题他都能够解决。例如哈姆夫特遗嘱案，他处理得非常好。他经历丰富，办事果断，口才也很不错，他也算得上是一个厉害的人物了。现在他写这封求助信给我，我想他可能真遇上了他解决不了的事情。"福尔摩斯说到这里，问我："华生，我希望你能够再次做我的搭档，怎么样呢？"

　　"我很愿意为你做点事情！"

　　"我真高兴。好吧，我们赶快回家去做迎接他的准备吧！"

　　我们从浴室里出来后，便分手了。我先回到了我在安侯街的住所，然后在4时的时候赶到了贝克街。詹姆斯爵士在4时30分准时赶到了。詹姆斯爵士性格豁达，头比较大，整个人看起来很有精神，说话的声音也很有磁性，非常清晰。他的眼睛很大，一闪一闪的，无论怎么看都是一个非常聪明果断的人。他穿着很华丽的大衣，头顶上的礼帽也有棱有角的，一尘不染，里面的衬衫非常合身，他的领结装束得非常工整，他的皮鞋擦得锃亮。

　　"你好，华生医生，很高兴在这里见到你。"詹姆斯爵士很有礼貌地跟我打了一个招呼。接着，他对福尔摩斯说："尊敬的福尔摩斯先生，我想你不会不理这件事的。这件事情的后果将会非常严重。你要知道我们的敌人是一个什么坏事都干过的恶魔。"

　　福尔摩斯一边听他声色俱厉地讲，一边拿起自己的烟斗点燃，慢慢地说："这个家伙这么可恶，我倒想会会他，他叫什么名字？"

　　"格洛纳男爵这个可恶的名字想必你不曾忘记吧？"

　　"嗯，就是那个在奥地利杀了人后至今还未归案的家伙吗？"

詹姆斯爵士立刻哈哈大笑起来，他似乎心情好多了，眼神也不再那么忧虑了，他笑着说："不愧是神探，什么事情都瞒不了你！我尊敬的福尔摩斯先生，你不会怀疑他曾经的罪行吧？"

"我非常乐意做这些在别人眼里看起来很无聊的事情。在维也纳大案发生后，连不懂事的小孩都知道是格洛纳干的，因为他们的家人每天都会不厌其烦地在他们的耳朵边讲述这起大案。遗憾的是让这个可恨的家伙逃过了法律的惩罚。还有那个大峡谷的案子，他的妻子他也敢杀，除了这样的人，再也找不到其他人干如此凶残的事了。此时此刻他来到了英国吧，他又干了犯法的事情吗？看来，我确实应该会一会他了。"

"福尔摩斯先生，一开始我就告诉了你，这次他要干的事情后果是不堪设想的，任何人都会指责他快要丧尽天良了。我想我的委托人现在的处境是多么值得任何一个有良知的人同情啊！"

"我说句不该说的话，你的委托人是谁呢？"

詹姆斯爵士被福尔摩斯这么一问，眼神又忧虑了起来，他停了停，想了想然后才说："对不起，福尔摩斯先生，你知道的，我只是他的代表，他的身份我是不会告诉你的，但是我向你保证，我们这样做，绝对不是为了便于做什么犯法乱纪的事情，一时之间也很难向你解释清楚，请你原谅。事成之后，你将会得到一笔不小的报酬。"

"等等，我的朋友，我并不是看重你们的酬劳，假如我连我的主顾是谁都不知道的话，我是不会去调查这起案子的。希望你能够明白我的苦衷和难处，我尊敬的詹姆斯爵士。"

"但是，我早已答应了他，不会透露他的真实身份，你这分明是在故意刁难我。我再次向你保证，这起案子绝对是正义战胜邪恶的。我的委托人是受害者，我们没有违法乱纪。假如你知道这里面的原因，我想你一定会全力以赴去调查这件案子的。"

"你能不能告诉我，这里面的真正原由？"

"这样的话，我不得不告诉你了，福尔摩斯先生。"

"请讲吧，我在认真地听着呢！"

"你应该知道德·梅尔威尔将军的名字吧？他为英国立过很多军功。他有个女儿叫维奥雷特·德·梅尔威尔，她现在危险得很。可怜的维奥雷特·德·梅尔威尔小姐现在不可救药地爱上了格洛纳那个恶魔。要知道，她是一个多么尊贵、美丽、善良、纯洁的姑娘。有那么多王孙公子向她求婚，但她却偏偏喜欢上格洛纳！她这不是自讨苦吃吗？"

"我以前听别人说过格洛纳这个家伙长得非常讨女孩子喜欢，很多女孩子都把他当做梦中情人。但是，像维奥雷特小姐这么高贵的人，应该不可能会和格洛纳那个无赖搅在一起的，这又是为什么呢？"

"哎，真是一言难尽。有一次维奥雷特小姐去地中海旅行，她乘坐的是一艘非常豪华的游艇。但是游艇的主人为了赚到更多的钱，同意只要能够缴得起高昂的经费就可以让不是贵族的有钱人上游艇。可恶的格洛纳趁着这个船长给他的好机会上了这艘豪华游艇。之后，格洛纳这个家伙选中了维奥雷特小姐作为他献殷勤的对象，他对他的目标施展出浑身解数。维奥雷特小姐被他骗了，她只看到了他的外表，她一点都不了解他的内心。最要命的是，维奥雷特小姐还决定在下个月和这个丧尽天良的混蛋结婚。福尔摩斯先生，我想你不会让这场悲剧发生的，对不对？"

"难道你们没有告诉她，格洛纳在奥地利犯的大案吗？"

"你可不要低估了格洛纳这个家伙的能力，他很有头脑，而且做事也非常果断。他还没等我们在维奥雷特小姐面前开口说话，他就早已经把他以前的犯罪行为彻底地作了一次面目全非的修改。他总是把自己装扮成一个饱受侮辱、尝尽惨痛的君子，善良、纯洁的维奥雷特小姐就在他设计的陷阱里越陷越深了，简直到了不可自拔的地步。"

"你拐弯抹角地说了这么多，总是绕不开德·梅尔威尔将军，你的委托人一定是他了。"福尔摩斯微笑着说道。

"你别乱猜，不是德·梅尔威尔将军！"詹姆斯明显慌乱了起来，他辩解说，"你猜不到是谁，他是一个好心的人，他跟将军的交情很深厚，他实在是不愿意看到梅尔威尔小姐因为格洛纳这个天杀的家伙而毁掉自己的美好人生；他也不忍心看到梅尔威尔将军因为这件事而惶惶不安影响他的作战情绪。你现在应该明白我委托人的苦衷了吧？真的，我已经答应了他，我不会向任何人说出他的真实姓名的，当然，也包括你在内，我尊敬的福尔摩斯先生。"

"我知道了，你不说我也知道了，就这样吧，我愿意接手这件案子，别忘了留下你的电话，以后我们好随时联系。"

"7534728。"

"关于格洛纳男爵的情况，请你告诉我你所知道的。"

"好的。格洛纳目前居住在一幢富丽堂皇的别墅里，我们都不知道他哪里有那么多钱买下那幢富丽堂皇的别墅。他可是一个对艺术有很深造诣的人，听说他还出版过一本陶瓷方面的专著。他对中国陶瓷了如指掌。嘿嘿，这个有点艺术细胞的家伙！"

"很好，我感谢你提供的线索。我会全心全意去调查格洛纳这个人的，你快回去告诉你的委托人吧，我不会让他老担心这件事情的。"

詹姆斯爵士稍微舒了一口气，他像进门时那样礼貌地回去了。自从他走后，福尔摩斯一直就坐在他的扶手椅上一动不动，全神贯注地沉思着。

过了很长一段时间，他终于开口跟我说话了："华生，谈谈你对这件事情的想法吧！"

我立刻对福尔摩斯说，我们应该对维奥雷特小姐有一定的了解，我们还可以约她见个面。福尔摩斯摇了摇头。他全力反对："你这样想就错了。你好好想想，她的亲生父亲都拿她没有办法，假如我们俩毫无准备去和她见面，后果可能是比她父亲还要糟糕。我们有很多途径，你应该没有忘记约翰这个人吧？"

约翰是福尔摩斯后期探案生涯中的得力助手之一。他坐过两次大牢。他原来在社会上为非作歹，干了一些坏事。后来碰到了福尔摩斯，福尔摩斯帮助他改邪归正。约翰为此非常感激他，愿意为福尔摩斯效犬马之劳。约翰现在在伦敦的黑社会里混得有头有脸，很有权势。他手下有很多在社会上混得非常不错的人，他经常为福尔摩斯搜集各种各样的消息。无可否认，他提供的消息非常准确，没有出过一次差错。很明显，福尔摩斯又要请他出去打探各种消息了。

后来的几天我一直在忙着做自己的事情，我不知道福尔摩斯这几天都干了些什么，他有没有开始调查那件案子我一点都不知道，因为我有几天没有看到他了。一天晚上，我被他请到了一家小酒店一起喝酒。刚一见面，他就对我讲述了这几天他的行踪。

"你说什么？你和格洛纳见了面？"我简直不敢相信。

"这没有什么大不了的。"他说，"直奔主题，和敌人面对面难道不好吗？我很乐意这样。约翰现在忙得不可开交。这样我就很早和格洛纳打上了交道。"

"难道他连大名鼎鼎的神探福尔摩斯都不知道吗？"

"抱歉，恰恰相反，是我先向他作了自我介绍的。格洛纳果然如詹姆斯爵士所说的那样，他狡猾极了。他的外表给别人的感觉的确是风度翩翩，谁会想到他的心是那么的狠毒。嘿嘿，我很乐意和这种敌人交手。"

"他跟你讲了些什么？"我追问。

"他很有头脑并且颇有心计，他首先就给了我一个下马威。他对我说，'尊敬的福尔摩斯先生，一定是梅尔威尔将军叫你来阻止我和他的女儿结婚吧？'"

"你承认了吗？"

"'咦？'我说，'我想的是其他事情。格洛纳男爵先生，你现在马上就要平步青云了，看来英国非常适合你的仕途发展。但是你不会把你以前的事情都忘掉吧！要是维奥雷特小姐得知你以前的恶行，你难道没有考虑过她是否还会和你在一起吗？你也知道，梅尔威尔将军在英国的权势有多大。你这样做，就是要跟他作对。一切现实表明，你已经越来越危险了。你应该有自知之明，我知道你是一个聪明的人。'

"我说到这里的时候，格洛纳表现了他的镇静和精明，他哈哈大笑了一番，然后说：'我对这件事情也是爱莫能助，这是不能挽回的事情，维奥雷特·德·梅尔威尔小姐已经深深地爱上我了。如果没有我，她也会不想再活下去了，事情就是这样。你说我曾经的故事吗？喔，天哪！我竟然用讲故事的口吻讲给她听了，她了解我胜过了解她自己，她再也不会相信那些心怀不轨的人的鬼话了，现在她只相信我。你知道的，她的父亲也拿她没有一点办法。这可能会让类似你这样多管闲事的人很失望，但是没有办法，现实就是这么残酷。'说完，他耸了耸肩。在最后，我要离开这个可恶家伙的时候，他特别补充了一句：'你是否知道那位大名鼎鼎的名叫雷布伦的法国警察的事情？我亲爱的福尔摩斯先生。'

"我说：'知道，他在外地让一伙凶徒打成了重伤，而且还是耸人听闻的全身残废。'

"'你的消息不错，很准确，我很高兴你知道这件事情。和你一样，他对我的事情特别感兴趣，结果我也没有想到他会落到那样的下场。真叫人伤心，我真的不想大名鼎鼎的神探先生也落到那样的下场，你说呢，我尊敬的福尔摩斯先生？'

"他对我就说了这些，华生，格洛纳这个家伙还是颇有手段的呢！"

"格洛纳这个混蛋还真有点恐怖分子的味道。事实上他会这么干的，你还是放弃吧，我的朋友。要知道他跟别人结婚关我们什么事。"

"你错了，我不会放弃的，他能够毫不留情地杀掉他的前妻，那么他还有什么事情不能做呢？你千万不要忘了，我们的主顾也是不好惹的。就这样，我不跟你多啰嗦了。来，喝完这杯酒，我们就干我们应该干的事情。约翰还在家里面等我们呢！"

约翰是一个身材魁梧、声音粗糙的人。在他的右边坐着一个身材瘦弱，而性格却很急躁的年轻女人。这个女人脸色吓人的惨白，整个人看起来很忧愁、丧气。约翰向我们介绍了她——吉缇·维德小姐。

吉缇·维德小姐快人快语："我原先是不想参与这件倒霉

的事情，但是，听约翰说你们要好好地整治格洛纳那个混蛋，我就来劲了。我很愿意帮助你们，福尔摩斯先生，他不会有好下场的。"

"吉缇·维德小姐，你知道格洛纳多少事情？"福尔摩斯笑着对她说。

"我不会放过他的！你瞧瞧，我这模样就是他害的！我就是变成了鬼也不会放过他的。"吉缇·维德小姐边说边做着要和格洛纳誓不两立的姿势，浑身都充满了野性的斗志。

"请你详细地说一遍吧，我们想听听你不幸的遭遇，而且我们也很同情你。"

"我那伤心的旧事，哎，就别提了，它跟现在马上就要发生的事情无关。我听约翰说，格洛纳那个挨千刀的混蛋又骗到了一个善良的少女，而且这个少女身份还挺高贵的。福尔摩斯，你一定要阻止这件事情的发生。如果又让格洛纳那个混蛋得手，后果将是不堪设想。"

"糟糕的是，那个高贵的少女已经不可自拔地爱上了他。他们还准备在下个月举行婚礼呢，况且她从来就没有把他以前的恶行放在心上。"

"谋害他的前妻那件大惨案呢？"

"很遗憾，她不这样认为，她坚持是别人诬陷他。"

"这是有证据的呀！难道她愚蠢得连证据都不相信吗？"

"可是我们现在手上什么证据都没有啊，怎么办呢？吉缇·维德小姐，我想你能够为我们提供好的线索。"

"如果能够让格洛纳这个大坏蛋绳之以法，我很乐意一个人去告诉那个受骗的少女，我要把格洛纳以前所有的罪行和恶事一五一十地向她说明。"

"这不是最好的办法。因为那个高贵少女再也不会相信任何人的话，在她面前说一百个有关于恶魔格洛纳行凶的故事，她都会当做耳边风，这样做没有用。"

"不用担心，我有他很多行凶的证据，其中包括很多人都知道的大峡谷惨案、布拉格谋杀案等许多大案件。粗略统计一下，他残杀的人不少于20个。最有力的证据我也知道，我看见过他珍藏的日记本，里面记录着他全部的行凶过程。"

"你说的是什么样的日记本？"

"一个黄皮、有锁的本子。那天他喝得大醉，昏迷不醒的时候，我才看到的。格洛纳那个挨千刀的大坏蛋，他把他曾经骗过的女人的相片、名字以及他们一起生活时的种种细节都写在了日记本上。这个不知羞耻的畜生，他的日记本上都记下了什么呀！我简直没有脸再说下去，我为我看过那本日记本的内容感到可耻、无地自容，只有畜生才会那样干。"

"他把那个日记本放到什么地方去了？"

"我现在不敢断定。要知道，我们分手已经有一年多了。我现在还记得，他当时是把那个日记本藏在他书房的一个柜橱的格子里面。老天保佑，他应该没有换地方，因为我知道他不是一个随便就爱搬动东西的人。"

"但愿如你所说的那样，"福尔摩斯眼神明显好多了。"吉缇·维德小姐，我会让你和我们的女主人公在明天下午5时的时候会个面。我们很高兴明天再次和你相遇，感谢你为我们提供的线索。"

第二天晚上又在那个小酒店里，我再次看到了福尔摩斯。我一见面就问他那两个女人见面的情况，福尔摩斯为我不厌其烦地重复了一遍。

"她们都很准时，"福尔摩斯说，"梅尔威尔小姐可能对自己在婚姻大事上的我行我素感到愧疚，她心里对自己的父亲也还保存着歉意。何况，她还恢复了她善良的本质。下午5时30分的时候，我和吉缇·维德小姐乘坐一辆大马车准时到达了梅尔威尔将军府。那是一座非常庄重的城堡。梅尔威尔小姐在会客室里接待了我们。

"维奥雷特·德·梅尔威尔小姐长得高贵典雅，当然也很美丽、善良。她的心地很纯洁，看到这样的少女，我们任何一个有良知的人都不会让格洛纳那个丧尽天良的大混蛋欺骗、毒害她的。我们时刻为维奥雷特·德·梅尔威尔小姐的生命而担忧着。要知道格洛纳是一个什么都敢做的亡命之徒。

"维奥雷特·德·梅尔威尔小姐看到吉缇·维德小姐感到很

惊讶，但很快又恢复了平静的神态。'福尔摩斯先生，'她说，'很高兴你来到我的家里，你先别高兴得太早，我本来是不想和你见面的，但是我的父亲不允许我这样做。如果你再和我谈论我和我未婚夫的事情，我是不会再听下去的，我也希望你不要浪费你有限的时间和精力。'

"华生，听到这些从她口中说出来的话，我当时心里很难过。你也知道我的口才不怎么样，而且我也不会随便伤心，可是那天我不得不为她的未来着想，要知道她还那么年轻，她的确被格洛纳欺骗了。我对她讲了，如果她真跟格洛纳那个大坏蛋结婚，那么以后的各种不幸是意想不到的灾难，她对这些忠言良语不置一顾，她关闭了她的耳朵。她彻底地无可救药了。

"她是这样跟我说话的，她说，'尊敬的福尔摩斯先生，你的废话真是太多了，你就是再重复你刚才所说的那些话一万遍，我还会把它们当做耳边的垃圾。我知道外面有很多人在说格洛纳的坏话，他们千方百计地想整我那可怜的格洛纳，我不知道外面那些人安的是什么心，你是外面那些可恶的人群最典型的代表。我再重复一遍，我和格洛纳是不会分离的。你是一个聪明的人，福尔摩斯先生。'

"她想请我们离开会客室，这时吉缇·维德小姐暴跳如雷了起来，她大声地对维奥雷特·德·梅尔威尔小姐说道：'傻瓜！你知不知道，你已经被格洛纳那个畜生给蒙骗了。实话告诉你吧，我就是他情妇中的一个，我原先也像你这样死心塌地爱着他，但没有想到他最后还是欺骗了我，抛弃了我，你应该彻底地好好反省一下自己，格洛纳是一个畜生，不，他连畜生都不如，你可以不相信我现在所说的这一切，但是格洛纳这个大混蛋杀人作案、残害别人的罪恶行径，最后还是会暴露出来的。纸是包不住火的，他不会有好下场，你可以不相信这些，但你会后悔莫及的。

"'你给我闭嘴！我那可怜的格洛纳曾经告诉过我，他以前受到一些莫名其妙的女人的攻击，我明白他是受害者，他是无辜的。'梅尔威尔小姐的声音也尖锐了起来。

"'什么？他是无辜的？'吉缇·维德小姐好像快要疯了似

的，'你已经无可救药了！'

"'福尔摩斯先生，我们就这样告别吧，我不想在我家的会客室听到这么难听的话语。'梅尔威尔小姐的声音充满了火药味。

"我正想再对梅尔威尔小姐说几句话，这时吉缇·维德小姐早已控制不住自己的愤怒了，她已经扑了上去，幸亏我及时拉住了她的手，如果不是我及时拉住吉缇·维德小姐的手，后果真是不堪设想。我费了好大的劲才把吉缇·维德小姐拽出了梅尔威尔将军府，并把她推上了马车。我到现在都还不敢相信，吉缇·维德小姐愤怒的时候，劲儿大得连我都拽不动。现在想想，梅尔威尔小姐做得也太过分了，我们是好心好意帮助她，不过这些都不重要了，重要的是我们应该怎样走好第二步。就这样吧，我过一段时间再跟你联系吧，等我的好消息！"

福尔摩斯说完付了账，然后大步流星头也不回地走出了酒店，很快就消失在大街上。两天后，我在街道的宣传栏上看到了让我心惊肉跳的消息，大字标题是：

神探被人暗算

报纸上有一块显眼的地方报道了赫赫有名的私家侦探福尔摩斯在某日上午被人暗算，差点被杀死，受了重伤等。我不敢再待在宣传栏旁边了，我必须用最快的速度赶到贝克街，要知道报纸上说了侦探本人坚持要求在家中治疗，他拒绝住院。

在福尔摩斯贝克街的房间里，我看到了非常有名的外科医生莱斯里·奥克肖勒爵士，他告诉我，"你不用太担心，他没有什么危险，他的头部有两处裂伤和几处严重的肿块。我刚刚已经给他缝合了，我想应该没有大的问题了。"

房间里昏暗了起来，因为现在已经是夕阳西下了。我的朋友福尔摩斯，他半躺在床上，头上的绷带不时渗透出血迹，的确，他的伤势很重。我心里真是担心极了，他可是我的好朋友福尔摩斯啊！我哽咽着，想说点什么，但最终还是什么也没有说。

"华生，我的朋友，你别这样伤心，"他的声音并不清晰，他还是说了出来，"你伤心什么呢？我好好地活着呢，别担心，我会马上恢复健康的。"

"我能为你做点什么吗？这件事情肯定是格洛纳那个混蛋派人干的，你说吧，我要去教训他！我会让他尝尝我的厉害的！"

"别太冲动了，我的朋友，我们可不能像他们那样不懂事，我已经有办法对付他们了。

"你现在帮我立刻向外界透露我的伤势已经到了无法控制的地步。这样鱼儿会马上上钩的，有人会向你打听消息，我告诉你，你一定要不断地重复讲我只有几天的寿命了，我的伤势真是太严重了，你这样说吧，没错的。"

"你还有什么吩咐吗？"

"你赶快找到约翰，让他尽快去告诉吉缇·维德小姐暂时避一下风头，她的麻烦可能也不小。"

"嗯，我立刻出发，还有没有其他的事情？"

"谢谢，就这么多。希望你每天都来一次，有些事情有一个朋友帮忙还是很好的。"

离开后，我用最快的速度找到了约翰，然后我们俩又用最快的速度，安全地带着吉缇·维德小姐去了乡下。那个地方非常安全，除了我、约翰和吉缇·维德小姐，再没人知道。

我对外界透露的关于著名私家侦探福尔摩斯的伤势情况，早已经被外界传播得十分热闹了。外界说，福尔摩斯马上就要去见上帝了。这令福尔摩斯本人非常愉快，他的伤势在外界的遮掩下，不但没有那么糟糕，反而好得非常快。一句话，他马上就可以开始他正常的工作了。

我把臭名昭著的格洛纳会在三天后坐船前往美国办事，然后再回来和维奥雷特·德·梅尔威尔小姐结婚等一些消息告诉了福尔摩斯，他的脸色立刻忧虑了起来。

"格洛纳这个恶棍，他一定心虚了，狗急跳墙，他想到外面去躲避风头。华生，你知道我的脾气，在快要结束的时候，我怎么会让我们的敌人逃走呢，是你出马的时候了。"

"我的朋友，你吩咐吧！"

"嗯。难为你了，我希望你在这一天里待在房子里面，什么地方也不要去，你只要专心地去看一些有关中国瓷器方面的书籍，好好地研究一下，知道得越多越好。"

听完他的吩咐，我立刻就去做了，我相信我朋友的决定。这一天，我废寝忘食地把自己关在房间里面，硬是把一本厚厚的有关中国瓷器方面的专业书啃完了。那一天，我可惨了，我差点把我和我朋友的名字都忘记了，我只记得我的脑子里只保存着一本中国瓷器知识介绍的书，中国的瓷器史我记得很牢。

第二天的福尔摩斯再也不是伤痕累累的福尔摩斯了，他已经完全康复了，并且生龙活虎，手脚十分敏捷。为了证实他的健康状况，他特地在我面前做了几个擒拿歹徒的动作。

"你不知道，我的朋友，你很幸运，别人还以为你要去见上帝了呢！"

"谢谢，华生，你做得非常棒。这恰恰是我需要的。你的瓷器知识掌握得很好了吧？"

"凑合着吧，我也不敢夸海口，只不过是死记硬背了一些东西，这一两天可能还能应付着，但是过了几天后，我恐怕又要重新再背一遍了。"

"很好，我只需要一天就行了，你假扮成一个瓷器专家应该没有什么问题吧？"

"应该不是很大的问题。"

福尔摩斯听我这么一说，又看到我一脸的自信，他自己也笑了笑。他从壁炉架上取下一个用中国丝绸包裹着的小盒子。拆开盒盖，盒子里面是一个做工精美的小托盘。

"你可别小看了这个东西，它可是中国明朝的皇宫御器。我想在英国可能找不到第二件了。如果完完整整地凑足一套的话，一定是价值连城的宝贝，很遗憾，除非是在中国北京的皇宫里才能再次找出这么一套来。现在咱们这件是价值连城的宝贝，只要有鉴赏眼光的收藏家一看到它没有不动心的。"

福尔摩斯轻轻地把它放在我的手上。

"你要我拿着它干什么？"

"别担心，这是你的身份，"福尔摩斯微笑着从口袋里取出一张名片，名片上赫然印着"希勒·巴顿医生"。

"希勒·巴顿医生是你现在的身份，今天晚上你就拿着这件宝贝去拜访一下可恶的格洛纳男爵吧！他晚上还是有时间的，你可以先写一封信给他，在信中告诉他你会带一件价值连城的中国明朝皇宫御器去见他，不要忘记你的希勒·巴顿医生的身份，这是必不可少的。免得让他怀疑，你不妨也骗一骗他，你也是一个古董收藏者，一个偶然的机会得到了这件宝贝，听说男爵是一个瓷器方面的专家，所以特地拿来一同鉴赏，并且有意出售。"

"应该卖多少钱呢？"

"这是你应该做的事，这个托盘是詹姆斯爵士托人送过来的，听说这玩意儿是他委托人最重要的收藏品之一。你为什么不向格洛纳这个瓷器专家请教一下价值呢？"

"不错，看看格洛纳这个瓷器专家会给个什么样的价格。"

于是我马上就写了一封短信，派人送给格洛纳男爵。晚上的时候，我精心打扮了一番，确定自己和"希勒·巴顿医生"的身份相符后，带着价值连城的托盘，来到了格洛纳男爵的别墅里。

"晚上好，巴特医生，请坐。"格洛纳手上还拿着一个棕色的花瓶，他的眼睛发着亮光，很明显他对自己的收藏品十分爱护。

"你说你有一件中国明朝的价格不菲的御器想请我鉴赏，是这样吗？"

"是这样的，格洛纳男爵。"我笑着跟他打了一个招呼，然后不慌不忙地拿出了小托盘，他一看到这个小托盘，眼睛就更加明亮了。他把我递给他的小托盘拿到了灯光下，非常安静地坐在书桌前，全神贯注地盯着那个小托盘。

格洛纳这个混蛋有今天这样的地位和财富，我敢断定，他完全是靠他那一张英俊挺秀的脸以及他的心计夺来的。我终于明白为什么高贵的维奥雷特·德·梅尔威尔小姐会死心塌地和他在一起了，重要原因是因为他的外貌深深地吸引了她。要知道他现在已经40多岁了，但外表看起来和20多岁的英俊小伙没什么两样。

"不错，这是一件价值连城的宝贝。但是，你说你有一套一模一样的托盘，怎么会有这种事呢？你有没有搞错，在英国我只听说过只有一件这样的东西，并且还是私人的珍藏品，不可能在市场上出现的。请原谅我必须说一句我不该说的话，尊敬的巴特先生，你是怎么把这件珍品弄到你手上的？"

我想我此时此刻应该表现得无比镇静，不然马上就要全盘皆输了。我装作无所谓的样子对他说："这不是我要回答的问题，我想请教的是，我这件宝贝能够卖到什么样的价格？我很想听听你的建议。"

"喔？"他的眼睛紧盯着我不放，"你不觉得你太冲动了吗？这件宝贝是真的，这我不怀疑，但是，我必须弄清楚这么贵重的东西的来往途径，谁也不会胡乱买一个价值连城但来路不明的东西，你这样胡乱地卖出去，你叫我怎么相信你的真实身份？"

"我可以发誓，我这件宝贝没有一点问题。我在银行有信用，而且我确实有权力卖出这件宝贝，因为我是它的主人。如果我不知道你是有名的瓷器专家和文物考古专家，我才不会来找你呢，在其他地方，我有的是买主。"

"你是怎么知道我对文物有很深的造诣？"

"你不会把你以前出过的那一本有关瓷器方面的书都忘了吧？"

"你曾经读过我写的那本书？"

"对不起，我没有认真拜读过。"

"巴特医生，你知道你在我的别墅里面都说了些什么吗？你可能自己都理不清头绪了。你一会儿说自己是文物收藏家，一会儿要卖掉珍贵的御器，一会儿又说因为一本书才知道我的名字，一会儿又说没有读过我的书，这是怎么一回事？"

"我是一个医生，收藏文物并不是我的职业。关于你写的书，我只是没有看完，但是一些主要内容我还是知道的。"

格洛纳冷笑了两声，他又问道："你如果能够回答我提的几个问题，那我们还有继续谈下去的必要。请问，尊敬的巴特先生，北魏的陶瓷在中国陶瓷发展史上占什么地位？"

这是我意料中的事情，但是我还是决定不回答他。至于为什么，我当时可没有想这么多。

我对格洛纳说："男爵先生，很抱歉，我不想回答你提的这个非常简单的问题，你是这方面的专家，你有很深的造诣，但是你不觉得你这样对我提问题，是不是有点缺乏礼貌？"

格洛纳的眼睛已经露出吓人的凶光，牙齿也从嘴唇里露了出来，有些东西再也掩盖不住了。

"嘿嘿，我明白了。你根本就不是什么医生，也不是什么文物收藏家，你是福尔摩斯的手下，你来这里的目的是为了打探我的消息，福尔摩斯那个家伙还没有死吗？你这个家伙，你不知道你现在的处境吗？你快要倒霉了。对不起，你不要怪我，你应该去怪那个该死的福尔摩斯，他给你带来了不幸，你真是太不走运了，你碰到了我！"

他恶狠狠地从他所坐的扶手椅子上站了起来，他快速地跑向他的抽屉，他在抽屉里翻来覆去地寻找着什么东西，可能是找枪吧！情况有点不妙，他可能知道了我们的秘密。这其实应该怪我，我的演技实在太差了。

正在这个时候，后屋突然传来一阵轻微的响动，格洛纳警惕了起来，他非常谨慎地听了一会儿，之后他脸色大变，目露凶光，又露出了杀人的面目。"想死呀！你们……"他话还没说完，他就往门外冲了出去，朝后屋奔了过去。我也奔到了门口，我看到了后屋的窗户晃来晃去，一个敏捷的身影已经离开了窗前，不错，那是福尔摩斯的身影！

格洛纳这个混蛋像疯狗一样，一个箭步奔到了窗口，也要跟着跳下窗去追福尔摩斯。这个时候，格洛纳突然怪叫一声，声音非常吓人，那是一声出乎意料的惨叫。我看得很清楚，在窗外的树林中一只女人的手臂用迅雷不及掩耳的速度往窗前一扬，紧接着格洛纳就用双手紧捂着脸，在地上不停地翻来覆去，痛苦地呻吟着，声音大得恐怖极了："哎呀！救命啊，我的脸烧了起来，快来救我啊！"

我本能地拿起水盆就奔向了他，紧接着他的仆人们也围了上来。一个女仆人去为格洛纳擦洗脸面，一看到他那张脸，忍不住大叫一声"啊"，马上就昏了过去。他的整张脸被硫酸全部腐蚀了，格洛纳的脸现在也像他的内心一样狠毒、恐怖了，他再也不是风流倜傥的格洛纳了，他已经原形毕露了。

"我饶不了吉缇·维德这个坏女人！一定是她把硫酸泼在我脸上的，一定是她，我一定要杀了她！"

听格洛纳这么一说，马上有仆人奔出去追吉缇·维德，但是吉缇·维德早在几分钟前就无影无踪了。

现在用得上我了，我这个医生开始了救死扶伤的工作。对于格洛纳这个混蛋，我本来是不想救他的，但我还是认认真真地用清水帮他洗干净了脸，还给他打了止痛针和镇痛剂。他暂时忘记了他的痛苦，这只不过是他痛苦时刻的刚刚开始，更痛苦的时刻还在等着他呢！这个罪恶的恶魔——格洛纳的下场马上就要到了。

警察往往是在案发后才出现。又是老一套的现场笔录、调查，完事后，我离开了格洛纳的住所，我用我最快的速度往贝克街急赶。

我的朋友福尔摩斯此时此刻正躺在他的扶手椅上，他闭着眼睛，眉头微微地皱着，脸色惨白，这肯定不是他的头部伤没有好，我非常了解我的朋友。我跟他讲述了吉缇·维德在格洛纳毫无防备的情况下把泼硫酸泼在了他的脸上，他的整张俊脸被毁掉了，格洛纳成为一个外表跟内心一致的人。虽然我在叙述的时候夸张了格洛纳的罪恶，但福尔摩斯还是有一些歉意。

"这可能是吉缇·维德所说的格洛纳应该得到的下场。"他说完，人就站了起来，全身似乎轻松了一些，他从桌上拿起一本黄色带锁的日记本递给我，并且对我说："我终于在格洛纳的秘密后屋找到了它，这里面是格洛纳以前干过的所有坏事的真实记录，我想梅尔威尔小姐看过之后，一定会后悔认识了格洛纳这个混蛋的，任何女人看了之后，也会得出这样的结论。"

"这就是吉缇·维德小姐所说的那个日记本？"

"不错。那天我们几个和吉缇·维德一起会面的时候，她提供了黄皮带锁日记本这个重要线索。我当时就想到了，这个日记本就是这个案子的核心证据，只有得到了这个日记本，格洛纳才会伏法就擒。格洛纳先对我下了毒手，他派打手打伤了我，于是我将计就计，我叫你到外界故意透露我伤势十分危险，这是为了使格洛纳放松警惕，只有这样才能分散那个混蛋的注意力。为了更好地分散他的注意力，于是又有了让你假扮成医生拿着价值连城的小托盘去和他进行一笔大交易。我决定偷他的黄皮日记本，但是我不清楚它到底在哪里，于是我就请吉缇·维德帮忙。找到之后，我不小心碰响了窗户，格洛纳追了来，吉缇·维德躲在暗处，一瓶浓浓的硫酸毫不留情地泼向了格洛纳，吉缇·维德她果然是说得出做得出，我也没有想到她会有这么一手。非常感谢你的帮助，你拖住了格洛纳很多时间，这样我才取得黄皮日记本。"

就在这个时候，门铃响了起来，詹姆斯爵士被我们邀请进来，听完我们两个人的一唱一和，他也松了一口气，笼罩在他头上周围的阴云也散开了。他开心地说道："他终于有了这么一个下场，既然他再也不英俊了，再也不能用他的外表去讨女人的欢心，黄皮日记本恐怕也用不上了，梅尔威尔小姐肯定不会再和他结婚的。"

福尔摩斯晃了晃脑袋，对詹姆斯爵士刚才说的话表示反对，他说："你应该了解梅尔威尔小姐的性格，她是那么爱格洛纳，她根本就不会因为他被毁容了而放弃爱他。真的，如果没有这个黄皮日记本，梅尔威尔小姐可能会做出更傻的事情，我们必须让梅尔威尔小姐看看这本黄皮日记本。只有这样，她才会真正看穿格洛纳的险恶用心，她才会心甘情愿地离开他。"

詹姆斯爵士取走了那本珍贵的日记本和那个价值连城的托盘。我因为还有事情要赶着去做，所以和他一同来到贝克街，一辆豪华的大马车停在一盏昏暗的路灯下，我不经意地瞥了一眼那辆大马车，当我明白这辆大马车的主人的身份时，大马车已经走远了。我赶忙气喘吁吁地跑回了福尔摩斯的房间。

"你知不知道我们的真正主顾是谁？原来就是——"

"不错，就是他，我们的朋友，一个大方的贵族。"福尔摩斯笑着对我说，"你怎么才知道呀！"

事情发展得十分顺利，一切都在福尔摩斯的意料之中。格洛纳男爵和维奥雷特·德·梅尔威尔小姐的婚礼理所当然地被取消了。格洛纳再也没有了男爵这个头衔了，他成了一个死刑犯，马上就要去见上帝了，不知道上帝在天堂会不会宽恕他。如果连上帝都不宽恕他，那么格洛纳死后将会永远地痛苦下去，这就是他罪恶的代价。

吉缇·维德小姐因为故意伤人而被起诉，但考虑到情有可原，所以处罚不重。私家侦探福尔摩斯本来有盗窃的嫌疑，但法院考虑到也是情有可原，他因为办案需要，再加上委托人又是显赫的贵族，所以法院也就顺水推舟，做了一个圆满的人情，福尔摩斯被无罪释放。我们都祝福梅尔威尔小姐将来幸福。

皮肤变白的士兵

我的朋友华生在面前表现的花样并不多，但话一说出口，就总是念念不忘，一定要做完了才肯罢休。他希望我写一篇自己亲自破获的案件实录。

他一直为这件事在我面前唠唠叨叨，一定要我完成他交给我的这一个任务。对于这个任务，我简直为此抓破了头，并不是我没有清晰的思路，也并不是案件的故事情节不够精彩，而是我的笔头功夫实在太差。我想，如果我写出来，读者可能只有一个，那就是我。不过我也不是永远的读者，因为我很有可能一写完就把它扔到废纸篓去。

但是，我还是写了，因为我身边有一个名叫华生的朋友，华生一直为我记录了很多案情实录，我经常笑他记的案情实录不严谨，他现在终于抓住了这个机会，这个机会令他异常地高兴，他异常高兴的是我写的这个案情故事比他以前写的案情实录故事更加笨拙。我不得不为我写的这个案情实录故事感到惭愧。

我确实写得不好，华生这个时候笑得很天真、很纯洁。对于华生，我是没有什么好说的，他是我最要好的朋友，在我的探案生涯中他一直陪伴着我，我们俩一直患难与共。我很感激我这位朋友。他经常忘记自己的存在，我明白他都是为了我，为了我的工作。他的谦逊以及他一丝不苟的配合精神，我一直都难以忘怀。我想我应该重新为我写的这个案情实录再写一次。

　　从我的日记本里可以看出，那件事情发生在1903年。那一年的1月，布尔战争结束了。詹姆斯·多勒先生来到我的住所找我。当时我在住所里正忙着，我们都很高兴能够认识对方。詹姆斯·多勒身材魁梧，皮肤很黑，他是英国人。我的朋友华生马上就要结婚了，他在忙他的婚事，没有跟我住在一起。

　　我经常在接待来客时坐在光线并不怎么充足的窗角，让来客坐在墙边的长沙发上。詹姆斯·多勒先生好像有点拘束，他不大习惯这种会面方式，他明显地感觉到主客之间的距离非比寻常。我个人认为这很正常，坐在光线不充足的窗角是我的习惯。我想如果让我坐到舒适的沙发上去，我也会像詹姆斯·多勒先生那样拘束。现在我有足够的时间打量我的客人詹姆斯·多勒先生。

　　我对他说："詹姆斯先生，如果我没有猜错的话，你刚从南非回来。"

　　"没错，你说得很正确，福尔摩斯先生。"他有点吃惊地看着我。

　　我对他说："你应该是皇家先锋骑兵队员。"

　　"你说得正确极了。"他不得不这样回答。

　　"而且是米德尔赛科斯军团。"

　　"太对了，没有一点错误，福尔摩斯先生。"

　　詹姆斯·多勒先生此时此刻只是不知所措地看着我，我笑了笑。

　　我告诉他："你的身体很棒，有一种沧桑感。你的皮肤很黑，我想英国的日照程度还不能把你这样的人晒得这么黑；你的手帕并没有放进口袋，而是粘在袖口边。所以，我就知道你来自于哪里。你的胡子很短，这说明你不是正规军，你的骑士风度十分明显。你的名片上说你是罗格摩顿街的股票经纪人，所以你一定是米德尔赛科斯军团的成员。"

"先生，你很细心，我很佩服你有这样的眼力。"

"我们看到的事物应该是一样多的，我也许应该承认我比你细心一些。但是，多勒先生，我们谈了这么多了，这些似乎还不是我们今天的主要话题，是不是图克斯波里旧园林出了什么事？"

"啊！你一切都知道了，福尔摩斯先生？"

"多勒先生，你看你的样子，让我看了都会产生不信任你的念头。你给我的信，邮戳就能够说明我掌握的是时间上的问题，而且你又是来得这么急，我想这件事情并不简单。"

"没错，先生，正如你所说的。但是这封信是今天下午写的，才刚刚发出去。信发出去之后，马上又发生了很多事情，如果埃姆斯沃斯上校不把我赶出来的话……"

"什么，赶你出来？"

"哎，近似于赶吧！埃姆斯沃斯上校很顽固很保守。行军作战那会儿，他铁面无私，纪律抓得很严，打骂手下士兵那是经常的事情。如果不是格弗雷在一旁阻拦，我会让他吃不了兜着走的！"

我把烟斗塞进了嘴里，倚在扶手椅上。

"你能够详细地强调一下你刚才的话语吗？"

多勒先生不好意思地笑了。

"我知道你的能力，我想我再重复就是多余的，但我还是愿意不厌其烦地向你叙述这里面的详细情况。这里面的情况很复杂，这是我认为的，我现在很困惑，我不得不向你请教这些复杂的问题。"多勒先生说。

"1899年，小格弗雷·埃姆斯沃斯是皇家先锋骑兵队的队员。而我是在两年后加入皇家先锋骑兵队的。小格弗雷·埃姆斯沃斯是埃姆斯沃斯上校的独生爱子。埃姆斯沃斯上校作战勇敢，在军队里威信很高，小格弗雷继承了他父亲的优良品质。他是自愿参军的，他表现得非常出色，军团里很多人都把他看做是第二个埃姆斯沃斯上校。

"我和小格弗雷就这样交上了朋友。我努力向他学习，我希望自己能够像他那样出色，因为他能够帮我，他教会了我不怕困难、坚持不懈的精神。我们成了知己，我们的友谊达到了谁也动摇不了的程度。我们一起英勇杀敌，一起冲锋陷阵。我们一直没有分开过，直到那次在比勒陀利亚界外的钻石山谷附近的激烈战斗中他中弹受伤，被送进了医院以后，我们再也没有见过面了。

"小格弗雷给我写过两封信，我都收到了。第一封是从开普敦医院寄出的；第二封是从南安普顿寄出的。我自从收到他这两封信后就没有了他的消息。我一直在想念他，他是我最要好的朋友，我不能失去他。我想去找他，可是战争还没有结束。

"终于，可恶的战争结束了，我们全部回国。我马上给格弗雷的父亲，著名的埃姆斯沃斯上校写了一封信，在信中我用最诚恳的语言恳求他能够告诉我格弗雷的下落。但关于格弗雷的消息仍然是杳无音讯，我明白我那封诚恳的信是石沉大海了。于是我马上又写了一封信，不久前我收到了一封文字少得可怜、语气僵硬得要命的信。信里面说格弗雷已经环游世界去了，什么时候回来说不清楚。这就是信里面写的文字，我还从来没有收到过这样简短的信。对于这样的答复，我是不会放弃要亲眼见见格弗雷的信念的，我真的很担心我的格弗雷。

"我从信中可以看出，格弗雷的家人把格弗雷的事情似乎不当成一回事，根本就不在乎。我一直坚信我的朋友格弗雷不会对我这样绝情的。关于格弗雷的家庭我也略知一二，他跟埃姆斯沃斯上校相处得并不愉快，我也道听途说地得知格弗雷很有希望继承一大笔遗产。埃姆斯沃斯经常骑在格弗雷的头上，以老子自居，真的，我很担心格弗雷，我决定非管这件事情不可了，我一定要把事情真相搞个水落石出，为了我的好朋友格弗雷我决定先放弃手头里的一切工作。"

詹姆斯·多勒先生一口气把事情的大概情况说了出来，他没有在中途停顿。我知道他非常想见格弗雷，他一讲到格弗雷的确很激动，我能够理解他的心情。

"你为见到你的好朋友格弗雷·埃姆斯沃斯做了哪些方面的工作？"我问多勒先生。

"当然，我首先去了格弗雷家，也就是图克斯波里庄园，高傲的埃姆斯沃斯就住在那个庄园里面，他是那个庄园的主人。我必须先去做个实地调查，我要亲眼看看他家到底发生了什么事情。

"你知道的，我不喜欢埃姆斯沃斯上校，我事先给格弗雷的母亲写了一封信，我在信中毫不避讳地告诉她老人家，我会登门拜访的。格弗雷的母亲知书达理，她给我回了一封热情洋溢的邀请信，她很高兴能在她的庄园里见到我，我也很高兴能见到她老人家，所以我马上就出发了。

"图克斯波里庄园坐落在一个偏远的地方，交通很不方便。我步行了5英里路才来到他家的门口，那个时候已经是黄昏了。我的行李不多，只有一个大手提箱，图克斯波里庄园很大很宽，庄园的建筑风格非常独特，各个时代的都有。我敢断定这座大庄园一定经历了很多年的风雨，作为历史见证物，它风韵犹存。这座大庄园建筑分布得十分不协调，这里稀落，那里严密，给人的感觉就是错综复杂。房子里面到处都是嵌板、挂毯以及褪色的古画。这些东西使这座大庄园增添了更神秘的色彩。

"庄园的管家叫凯尔夫，他的年纪看上去跟庄园差不多老。凯尔夫的妻子比他更老，凯尔夫的妻子以前是小格弗雷的奶妈，格弗雷时常在我面前谈论她，很感激她的养育恩情，她也很爱格弗雷。我跟她说了，我是格弗雷的好朋友，我是特地来看他的。她的神态很古怪，但是我仍然很尊敬她。格弗雷的母亲我也很喜欢，因为她很关心格弗雷，我从她那封信里可以看出来。

"关于埃姆斯沃斯上校这个人我就不想再说下去了。要知道，我们俩刚一见面，他就好像要跟我打架似地吵了起来，我如果不是要向他打听格弗雷下落的话，早提着我那个重重的大手提箱走了。他在他的书房会见了我。战争一结束，他似乎有点英雄无用武之地的感觉，他明显苍老了许多，虽然他的身材依然是那么魁梧，但是老态龙钟的迹象已经很明显了，他的皮肤跟我的一模一样，都是那么黑。他那鹰钩鼻再配上那双目光锐利的眼睛，使我又不得不思念我的朋友格弗雷，因为他也不喜欢他的父亲。

"老埃姆斯沃斯声音很冰冷：'詹姆斯先生，你应该向我解释你这么匆匆忙忙来的目的。'

"我对他说：'我在给伯母的信中已经说得很明白了。'

"老埃姆斯沃斯又说：'你和格弗雷是在非洲认识的，这是你在信中提到过的。你们认不认识只有你俩知道，我们是不知道的。'

"我心里很愤怒他的无礼，我对他说：'现在我可以马上给你看看他给我写的两封信。'

"他毫不客气地伸出手，说：'我倒想瞧瞧。'"

"我恭恭敬敬地把那两封信送到了他的手上，他胡乱地看了一下，马上又把那两封信丢给了我。

"他说：'这能够说明什么问题，你说呢？'"

"'尊敬的埃姆斯沃斯先生，我和格弗雷是好朋友，这你是知道的。我们谁也不会忘记对方，我们的情谊不会因为这么一段时间没有见面而被间隔，我们的友谊之花永远开放。我很想知道格弗雷为什么会平白无故地去环游世界？'

"老埃姆斯沃斯说：'我不是早写信告诉了你吗，这里面的情况只有他自己最清楚，很可惜他现在去环游世界去了。'他停了停，又说：'情况就是他早已经出远门去了，他从非洲回来后，健康状况不大妙，于是他决定换换环境，我们也认为他确实应该出去休养一段时间，我代表格弗雷希望你能够向所有关心格弗雷的朋友转告一下这个情况。'

"我对他说：'我愿意这样做，为了我朋友格弗雷。你把格弗雷乘坐的轮船名称、航行路线以及起航的日期告诉我，我想这个要求很合情合理，也是你必须做的，难道不是吗，先生？'

"对于我这个要求，老埃姆斯沃斯表现出了前所未有的愤怒，他的整张脸因为愤怒而变了形。他明显地不安起来，这表现在他的手指上，桌面被他的手指猛烈而又急促的节奏敲得越来越响了，他的双脚也不停地在变换位置。

"'我说多勒先生，'他声音很大，'你这样的表现，对我十分不尊敬。你要知道，我是格弗雷的父亲，也就是你的长辈，我为你这种不尊敬长辈的行为感到愤怒。'

"我对他说：'埃姆斯沃斯先生，我想我必须再向你重复一遍我和格弗雷的深厚交情以及友谊。'

"老埃姆斯沃斯说：'你不要不知好歹，我就是因为看在你是格弗雷朋友的面子上，才告诉你他去环游世界了。你应该感到满足，我们家的事我很讨厌外人插手，我不管那个人的本意是什么，如果他有不良的企图，我一定不会放过他。格弗雷的母亲很想知道他以前在非洲作战时的英雄事迹，你既然是他在非洲认识的好朋友，你肯定很了解格弗雷在非洲的英雄事迹了，你可以去向她讲述。至于格弗雷近况，你不要再打听了，我们一家人有权不告诉你，我们无可奉告。'

"我知道我的脸红了，我能够明显地感受到我脸上的温度，话说到这个份上了，我也不好再说什么了，的确，这是别人家里的家事，外人无权插手。我不得不在表面上听从他的这个劝告，但是在我的内心深处，寻找格弗雷的声音一直没有停止。

"那天晚上，他们招待了我，晚餐还算丰盛。他们也承认了我的身份，既然是他们儿子的朋友，他们并不敢怠慢。但我不得不说那顿晚餐，我吃得并不偷乐，我们在餐桌上一句话都没有说。我很尴尬地吃了几分钟，然后不失礼节地向他们告辞，回到了他们为我准备的卧室。卧室的位置坐落在一楼的右侧，窗外是一片树林。这间房子很宽敞，里面摆设着一张大床，床大得可以睡3个人，这更增加了房子空荡的感觉。

"最要命的是，我又感觉到了这里阴暗郁闷的气氛。我并不是嫌弃这个房子不舒适，我是强调这间房子的气氛，一进入这个房子我就一直在寻找它的窗口，窗帘被我拉开，月光进来了，今天晚上的月色不错。我一边观看月光一边坐在壁炉边烤火。

"我本来想用读书来消磨这个漫长的夜晚的，但在这个时候，老管家凯尔夫送煤来了。他对我说："先生，打扰你了，今天晚上有点冷，我想到半夜的时候煤会不够。这个房间并不是很保暖的！'

"他照顾得很周到，他在走出房门的时候，忧郁地回头看了我一下，我也看着他。他脸上的皱纹已经多得没有地方再长出新的了。他有很重的心事，我看得出来。他终于开口说话了，他轻声说道：'我必须告诉你，我和我的妻子都很关心格弗雷，你是他最要好的朋友，我们是刚刚才得知的，你说他以前表现得很出色，是这样吗，先生？'

"我说：'是的，整个军团他是最勇敢的。我的命就是他奋不顾身从敌人的猛烈炮火下救回来的，他是我的救命恩人。'

"凯尔夫的脸色好了许多，我知道，这是我刚才的那几句话的功劳。

"凯尔夫感慨万千地说：'嗯，先生，我们的格弗雷一直都那样勇敢，他从小就那样。他从小就有不畏困难、坚韧不拔的精神。先生，他很棒的，是的，他以前是那么出色！'

"我听了他这话，立刻跳了起来。"

"我赶忙拉住凯尔夫急切地问：'等等，你刚才说什么？你的口气似乎证明他已经去世了。你不要隐瞒格弗雷的情况，他怎么了？你快告诉我啊！'

"凯尔夫挣脱了我的手，他似乎对我这种直接逼问的态度充满了恐惧。

"他说：'不，不，詹姆斯先生，我不知道你在说什么，我不知道，我什么都不知道，对不起先生。'

"凯尔夫挣脱了我的手就要往外走，我赶忙用手抓住了他的肩膀。

"我对他说：'你误会了，你别担心，从你的眼神里我可以看出来，你其实是知道格弗雷下落的，你对他非常熟悉，对不对？'

"凯尔夫他不敢看着我，他一直在躲避我的目光，他害怕我从他的眼神中看到有关于格弗雷的情况。他的嘴唇抽搐了几下，张开又闭上，最后终于说出了一句话：

"'他现在的样子比死了更惨！'他的声音出奇地大，他趁我吃惊的时候，猛地冲出房门。我张大了嘴巴，睁大了眼睛，恍然地坐回到壁炉旁，我的心开始冷了下来，我的整个身体都开始冷了下来，我必须靠近温暖的壁炉，我一直在想刚才老管家凯尔夫的那番话。格弗雷到底发生了什么事情？我不得不为格弗雷现在的处境感到无比的忧虑。从老管家凯尔夫的口气里可以猜测出很多种可怕的事来。格弗雷有可能被卷入什么大案里去了，也有可能做了什么损害家庭荣誉的大事情。也正因为这样，老埃姆斯沃斯才会毫不留情地把独生爱子赶出家门，让他自生自灭；也有可能是把他的独生爱子藏到哪个地方，让他永不见天日，这样才能遮掩家丑，避免被外人所知晓。我就是这样为我的朋友格弗雷着想的。我心情混乱极了，于是我抬头去看月光，这时，我看见了站在窗口的格弗雷·埃姆斯沃斯。"

　　我让詹姆斯·多勒先生不要停顿，我对他说："这个案子有点曲折复杂。"

　　多勒又讲道："格弗雷就这样直挺挺地站在窗前看着我，他把脸贴在窗玻璃上，我想他是为了把我看得更清楚一点。我知道他也非常想念我，因为我看见他的眼睛里流出了几滴伤心的眼泪。我很惊喜，我吃惊的是他的脸色，他的脸色真是太苍白了，我简直就不敢相信，这就是我的好朋友格弗雷。同时我也很高兴，因为我又看到我的朋友了，而且是在他的家里。刚刚他的家人还说他已经出远门环游世界去了。他看到我在出神地看着他，这时他突然往后一跳，身影立刻隐没到夜色之中。

　　"格弗雷的突然出现令我感到无比地欢喜，我日思夜想的格弗雷刚才就出现在我的面前。但是令我十分不解的是，为什么他和我偷偷见个面，马上又离开了呢？这好像不是我印象中的格弗雷。格弗雷刚才的匆匆一现，使我对老管家在房门口对我说的那一番话有了某种意识的肯定，格弗雷身上一定有见不得人的重大秘密。

　　"我从格弗雷刚才所流露出的眼神里可以明显看出他已经变得很胆小、很脆弱了，虽然他的身手仍然是那么敏捷。我来不及多想，我必须追上他，向他问个清楚。于是我就跳到窗前，糟糕的是，窗钩很牢固，我费了好长时间才把它打开，我跳了下去，我朝我认为他逃跑的方向追了过去。

"这是一条花园小路，路很长，两旁的树林遮住了月光。我看不大清楚路面，但是我的感觉告诉我，前面一定是格弗雷在奔跑，我一边追一边呼唤着格弗雷的名字，但是一点用也没有。追到小路的尽头，我就不知道该怎么走了，因为在我的脚下有几条通向不同方向的岔路，而那些小岔路又是通向不同的小屋。我不知所措地站在岔口，这时我听见一阵急促慌张的关门声。我寻声望去，是从前面那座大房子里传来的。我当时就断定格弗雷一定是躲进了那座大房子里。

"但是我没有继续追下去。我知道再追下去也是徒劳的，因为这是他的家，他比我更熟悉这个大庄园，这么大的房子，这么大的庄园要藏一个人那还不是轻而易举的事情吗？我垂头丧气地又回到卧室。那一夜我失眠了，因为我想不通格弗雷的举止和行为，那个夜晚太神秘了。

"第二天，我没有要离开他们家的意思，我希望老埃姆斯沃斯再让我住上一晚，老爱姆士本来不大情愿，后来他还是答应了。他答应的前提条件就是不要在庄园里捣乱。我也答应了他这个条件，我已经确信格弗雷的具体藏身地方了。我仍然想不通，他为什么要藏起来不见我？我有点怀疑我们的友谊还不够深厚、纯洁。

"那幢大房子结构真是复杂，房里藏多少人都不会有人知道。我决定去大房子瞧瞧。大房子在一个园子后面，我必须经过园子才能到达大房子。园子里有几个小屋，园子的尽头有一个稍大一点的房子孤立在那里。我想这应该是园丁或者护林人住的房子。我又想到昨天晚上那一阵急促慌张的关门声极有可能是从这个房子里传出来的。我不愿错过每一个机会。我装作漫不经心地在这个园子里走来走去，我正慢慢接近那所大房子时，一个身材短小、留着短须、穿着黑衣、头上戴着礼帽的男人从那个房子里走了出来。他走出门口后，马上就把门锁上了，钥匙丢进了自己的口袋里。我们两个人都互相吃惊地看着对方。

"他疑惑地问我：'你是谁？怎么会在这里？'

"我对他说：'我是格弗雷的好朋友，我是来看他的。'

"'遗憾的是他出远门环游世界去了，要不然，我们又可以长谈一番了。他很喜欢我为他讲故事，但是他现在听不到我的故事了。'我又对那个人说。那个人脸上充满了尴尬的表情，他说：'对，对，你说得很对，唯一的遗憾就是他出远门去了。要知道环游世界没有几年的工夫是回不来的，其实你们以后还是有机会见面的。'

"他一说完就神色匆匆地走开了，但是当我回头往后面看的时候，我发现他正藏在园子那头的树林里偷窥我。我心中充满了厌恶，但是我没有发泄出来，因为这是在格弗雷的家里。再说我的主要任务是见我的朋友格弗雷，而不是捣乱。这正如老埃姆斯沃斯所说的那样，我不能在他的大庄园里捣乱。我仔细地观察了几遍，我的目光被厚厚的窗帘遮住。我只能猜想，这或许是一个空房子吧！我知道我背后有人一直在监视着我，我不方便长久地在这座房子面前观察来观察去的。我想好了，天一黑，我会再来的。

"就这样，我一直待在我的卧室里，直至天黑。夜晚的月光似乎是特意为我准备的，它很暗淡，周围没有声音。

"我从窗口爬了出去，轻手轻脚地往那个神秘的房子走过去。白天的时候窗帘把整个窗子都遮盖了起来，而到了现在房子不仅关得严实，而且还把百叶窗都紧紧地关上了。虽然如此，但还是有一扇窗子泄露了这个房子里面有人的秘密，因为这个窗子向外面泄露了一丝光线。我认为这绝对是一个打听格弗雷下落的好机会。我全神贯注地走了过去，在窗口我看见了屋子里面的一切。屋子里面相当舒适，灯光明亮，炉火熊熊。正对着我坐着的是我早上遇见的那个身材矮小的男人，他此时此刻正一边吸烟一边看报纸。"

"他看的是什么报纸？"我问詹姆斯·多勒先生。

詹姆斯·多勒先生为我打断他的话感到恼火，他不耐烦地问我："跟这件事有关吗？"

我告诉他："我有必要知道。"

多勒先生无可奈何地说道："很抱歉，我当时没有留意。"

"在你的脑海里大致还能记得它是一张大报纸还是小版面周刊呢？"

"听你这么一说，我现在又想起来了，那份绝对不是一张大报纸，但我也不能肯定它就是一份周刊，也有可能是《观察家》。真的，我当时的确没有想过要留意这些细节问题，我当时只注意到屋子里面还有一个人，那个人正对着那个矮个男子，他虽然背对着我，但是他的背影我太熟悉了，那不是我日思夜想的朋友格弗雷又是谁？我知道在这个时候去相认格弗雷是最好的时机，但是我的脚却没有移动，我内心很矛盾。正在这个时候，突然有人在我背后重重地拍了一下我的肩膀，我回头一看是老埃姆斯沃斯先生。

"'你跟我来！'他轻声对我说，我看见他是铁青着脸对我说话的。他说完这句话后就没有再多说一个字了。他仍然铁青着脸在前面带路，我只好跟在他的后面。他把我带回到我自己的卧室，随后他关上了卧室的门，手里紧攥着一张刚买回来的火车票，他生硬地说：'我早为你准备了明天早上8时的火车票。明天早上7时有马车在大门口等你，先祝你一路顺风。'

"他说完这句话的时候，脸色并不好，十分严肃，我不得不在他的面前尴尬一次，我不断地道歉不停地赔礼。明知道这样仍然不能得到他的原谅，但我还是这样不厌其烦地重复了很多遍。

"老埃姆斯沃斯一挥手，厌烦地说道：'你不要再重复了，过去的事情我不想再听，我为你这种偷偷摸摸的行为感到愤怒，你知不知道你这样让我们多伤心。我们全家已经对你这种朋友感到绝望极了。你表面上装得那么老实，内心却阴险得很，我们全家人对你的用心也感到可耻起来。我多么希望你立刻从我的面前消失啊！但我不会那么做的。'

"他这些话已经不再是一个长辈教训晚辈的语言范围了，我的人格受到了他的攻击，我的脾气也不是很好，我对他说：'我为我能够在这里看到你的独生爱子——我的朋友格弗雷而感到无比欣慰。从你的眼神以及你的动作中我不难看出，你一直在欺骗我。我现在总算明白了，是你把格弗雷与世隔绝起来的，我不知道你的真实用心是为了什么。我应该告诉你，我对我朋友格弗雷的安全和健康情况非常关注，我必须了解得一清二楚才会罢手的，这就是我拜访贵府的真实原因。如果你要说成这是我的企图，那我也就承认吧！你的恐吓在我面前不起任何作用。'

"老埃姆斯沃斯差点就要朝我脸上打几拳了，因为我看见他的拳头攥得把青筋都暴露了出来。他一声不吭地走了。我第二天早上搭上火车回到了伦敦。刚一下火车我就给你写了一封急信，不过我觉得写信的速度似乎没有直接来找你快。我确实很困惑，你帮帮我吧，尊敬的福尔摩斯先生。"

詹姆斯·多勒先生一说完就开始喘气了，他有一个倾诉困惑的对象，这让他很轻松。我们仔细分析了其中几个重要问题，我觉得这个案子并不难解决，这个案子也不复杂，这个案子的奇异、怪诞一直吸引着我。像往常的破案顺序一样，我用我的逻辑分析法来缩小答案范围。

"图克斯波里庄园一共有多少个仆人？"我问詹姆斯·多勒先生。

"我想应该只有老管家凯尔夫夫妻了。他们非常忠于埃姆斯沃斯家族。"

"照你这么说，庄园里就没有其他仆人了？"

"应该没有，至于那个小矮个子，我看他的身份不像是一个仆人。"

"嗯，应该是你所观察那样，你有没有发现过从这所房子往那所房子送食物的现象？"

"我的回忆总是在你的提醒下再次浮现出来。我确实看见过凯尔夫有一次提着一个篮子从园子的小路走向那个孤立一方的大房子。我当时可没有想到那篮子里面是食物。"

"你在当地打听到什么情况没有？"

"这方面的工作我也做过，我跟大庄园方圆几英里的人都聊过关于图克斯波里大庄园少爷格弗雷·埃姆斯沃斯的情况。我得到的答案只有一个：格弗雷少爷出远门环球旅行去了。看来当地人也接受了这一谎言。"

"难道你就没有跟他们提及你对这件事情的看法？"

"没有。"

"做得很好。关于这件事情还应该继续调查下去。我和你一同再去一次图克斯波里大庄园吧！"

"现在吗？"多勒先生以为我在开玩笑。

我没有马上答应他，因为当时我还有两个案子要办：有一个大案就要结案了，也就是华生在他的案情实录中记载的那个修道院惨案，还有另外一个是土耳其苏丹亲自委托我办的大案。时间并不宽松，一时间还忙不过来。土耳其苏丹委托的案子更为重要，稍微有个差错就会后患无穷，这可跟政治有关，丝毫马虎不得。我是在五天后才和詹姆斯·多勒先生一起去图克斯波里大庄园的。我事先还约了一位神情庄重、不善言辞的绅士在伊斯顿区等候。詹姆斯·多勒和我在伊斯顿区会见了我这位朋友，詹姆斯·多勒先生有点奇怪会在这里遇见这样一位绅士。

"他是我的好朋友，我们一直保持着亲密的联系。"我为多勒先生介绍他，"你此时此刻会认为我把我这位朋友带上并且还一同前往图克斯波里是多此一举吧！但是我认为这件事情一定少不了他的参与。"

我又告诉多勒："我们现在的任务不是讨论我这位朋友和我们一起去图克斯波里大庄园调查会起什么作用的问题。我们应该马上赶往庄园去深入调查一番，你应该明白，多勒先生。"

詹姆斯·多勒脸上除了不解还是不解，就是在这种情况下，我们上路了。在火车上我又问了多勒先生一个问题，我是故意要让我那个老朋友听到。

"你曾经说过，你在窗前看见了你朋友格弗雷的脸，那么你敢肯定那个人一定就是格弗雷吗？"

"关于这个细节，我始终相信我的视力。那时他的整张脸都紧贴在窗玻璃上，房里的灯光清清楚楚地照在他的脸上。"

"你不会看错吧？不会是一个长得跟他极相似的人吧？"

"我敢肯定，一定是格弗雷！"

"但是我又清楚地记得你曾经对我讲述他的脸变了样。这又是怎么一回事呢？"

"是的，我是这么说过。我是说他的皮肤变了，是他那张脸，他那张脸白得像面粉。"

"难道整张脸都是那个模样吗？"

"我不敢肯定，因为当时他的脸贴在玻璃上的时间并不长，只是一瞬间的事情，我无法把握其中具体的细节。但是我敢肯定他的脸确实变白了。"

"你没有跟他打招呼吗？"

"我那时的心情是很惊喜的，我不知所措地看了几秒钟，然后他就消失在夜色中，我没有追上他。"

案情就是这么富有戏剧性。这似乎已经快要到达尾声了，我想只要在证实一下就可以圆满结束。好不容易，我们一行三人才来到图克斯波里大庄园，正如多勒所说的那样，这个大庄园的房子的确风格迥异，独具风情。为我们开门的是老管家凯尔夫。我安排了我那位绅士朋友先在马车里待一段时间，到时候自然会有人来请他下马车。

凯尔夫的模样多勒早已经为我描述得非常详细了。他一看到我们来到门口就快速地为我们打开了门，因为多勒跟他有过交往，彼此都熟悉，况且他也知道我们来的目的，反正是好事，在他的眼里关心格弗雷就是好事。

我的感官非常地好使，我已经感觉到这个庄园的独特气味了，气味侵袭着我的鼻子。我想我应该出手了，于是，我转身将礼帽放在桌上，又顺手把它碰倒在地上，接着弯下腰去捡，我乘机将地上那双黄皮手套拿起嗅了一下。这是凯尔夫为我们开门时慌忙从手上脱在桌上，却不慎掉在地上的，他进屋后一直没有发觉他的手套掉在了地上。我又走到了书房里看了一遍，我想我对这个案子的侦查工作也就到此结束了。我的朋友华生应该不会像我这样叙述案情侦探过程，我不知道如何制造跌宕起伏的悬念。

凯尔夫把我们来访的消息马上向老埃姆斯沃斯汇报了。老埃姆斯沃斯气势汹汹地走来了。他的脚步声撞击着楼道，我可以想象他得知多勒去而复返以及还糟糕地带来了一个陌生人令他愤怒的样子。我可以感受到一场老埃姆斯沃斯式的暴风雨就要来临了。果然，门"砰"的一声被推开了，声音比我想象的还要猛烈。老埃姆斯沃斯怒不可恕地冲了进来，他的脸因为怒气冲冲而扭曲了五官。

我第一次会见这样的老先生，我和多勒依然很尊敬他。我把我的名片递给了他，他看都没看，两手一搓，就把我的名片撕成了两片，狠狠地掷在地上，这样还不解恨，还用脚在碎名片上面用力猛踩狠踩。

他怒不可遏地冲着多勒大声吼道："我上次怎么跟你说的，你怎么这么快就忘了。我真希望现在站在我面前的是詹姆斯·多勒的灵魂。你没有脸面再来见我，你太可恶了，上帝不会饶恕你的。你随意闯入我的住宅区，我有权用枪在你的头上制造几个窟窿，上帝不会责怪我的。"

他马上又对我说："我对你的态度你应该非常清楚，你自己应该有自知之明，我这里不能容忍类似你这种职业的人出现，我再重复一遍，我痛恨偷窥我家内务事情的人。"

多勒先生立场仍然是那么坚定，他说："格弗雷不亲自出来向我说明事情真相，我是不会罢手的，你们为什么要私自把格弗雷押起来？"

老埃姆斯沃斯压制不住愤怒，他的手按了一下门铃。"凯尔夫，你立刻打电话给镇上的警察局，报警说这里有两个强盗！"

我赶紧说："请稍等。詹姆斯·多勒先生，我想我们应该先向埃姆斯沃斯上校道歉，这是他的住宅，我们未经得他的同意就擅自闯入，这肯定是不对的。我也想请埃姆斯沃斯上校原谅我们的鲁莽以及无礼。事实上你的行为完全是出自对于你独生爱子的关心。我冒昧地希望能够和埃姆斯沃斯上校谈上几分钟，我想我应该有这个能力改变你对这件事情的态度。"

"你不用白费心思了。这没有用，根本起不了作用。凯尔夫，你马上就照我的话去做，你待在那儿干什么？快去给我报警！"老埃姆斯沃斯暴跳如雷。

"没这个必要，"我首先挡在了门口，"报警未必是一件好事，这似乎只会为你家带来大灾难。"说完，我飞快地拿出了我随身携带的笔记本，在一页纸上飞快地写了一行字，我撕了下来，递给了埃姆斯沃斯老上校，我对他说："这就是我来拜访贵府的原因。"

老上校看着我写给他的纸条，一下子就目瞪口呆了。

"你怎么会知道？"他的声音颤抖得厉害，他一下子就坐在他身后的椅子上。

我对他说："这不是你所管辖的事情，我有权对你的问题保持沉默。"

老上校把头埋进了双手，陷入了沉思之中，一腔的心情压抑在心底。最后，他对我说："好，好，你们可以去见格弗雷，这是你们的要求。我想我是阻挡不了的，凯尔夫，你马上去通知格弗雷和凯特先生，说我们5分钟后赶到。"

我们一行三人径直来到了那间神秘的大房子前。一个留着短胡须的矮个男人惊讶地守候在门口。

"埃姆斯沃斯上校，你搞得太夸张了，这似乎是不可能会发生的事情，我们的计划被破坏了。"

"我也不想这样，但是事情已经发展到这个地步，我也无能为力了。很遗憾，凯特先生，格弗雷在房间里吧？"

凯特先生回答："在房间里，一起来吧！"

凯特把我们领进了房间里面。有一个人正背朝着我们站立在壁炉前。多勒第一个抢步奔向那个人。

"格弗雷，我的朋友，我们又见面了，我好想你！"

但是那个人的动作让多勒很失望，他不让多勒靠近他，他的身子不停地往昏暗的地方躲藏。

"我不想见到你，多勒，我求求你不要再来看我了。我再也不是皇家先锋骑兵队最勇敢的格弗雷·埃姆斯沃斯了。你现在看到我这个样子是不是很失望呢？"

格弗雷的脸确实如多勒所说的那样，脸比面粉还白，但他的整体轮廓还是有当年在非洲晒得黝黑的迹象。他的外貌英俊，但是精神状态不太好，黝黑的皮肤夹杂着怪异的白斑。

格弗雷继续说道："这就是我不想再和外人见面的原因，我知道你是不会在乎我的，但是我心里很在乎。我对看见过我现在这种情况的人都很在乎。我的心理压力和精神包袱一直都很重。"

"我别无他意，我一直很担心你的安全和健康情况。那天晚上，你从窗户上看我的时候，我也看见了你，我那天真是很担心你，我生怕你遭遇了什么不测。所以我决定把事情搞清楚，我真的很想帮你。"多勒说。

"凯尔夫先生暗地里告诉我说你来了，我也很想念你，我忍不住想要见你，所以就跑到房前窗户上看你，我没想到你会发现我在窗户上看你，我赶紧跑回了这里。"格弗雷解释说。

多勒又问他："你到底出了什么事？你的脸怎么会这样？"

格弗雷点上了一支香烟，他吐了一口烟雾，说道："你应该还记得那天早晨在布弗斯普鲁，就在比勒陀利亚外边的铁路东线上的那次战役吗？你知不知道我后来中弹了？"

多勒回答："嗯，我听说了，但是我不知道详细情况。"

"我们有几个人和军队走散了。如果你还能记得那场战役的话，就不会忘记那个地方的路一点都不好走。我和安德森以及辛普森三个人正在追击布尔人，万万没有想到这是他们设计好的一个阴谋。我们中了他们的埋伏，我幸存了下来，但是我的肩膀还是不可避免地中了一颗猎枪子弹。我抱住马脖子跑了出来，我也不知道马把我驮了多少里路，我更不知道战马是什么时候离开我并把我抛弃的。

"因为我一冲出敌人的包围我就昏死了过去。等我重新睁开眼睛的时候，天已经黑了。我依稀还能看清前面不远的地方有一座大房子，我受了伤，流了很多血，我感觉到浑身寒冷无比，我肩膀周围的肌肉都麻木了。我当时只有一个目标，那就是靠近大房子。我拼命地站起来，摇摇晃晃地走向那个大房子。我昏昏迷迷地走上了台阶，我也不记得有多少级台阶了，门是虚掩着的，我就这样扶着门进了大房子。

"我看见有几张床摆设在房子的东西墙角。我又累又饿，但是我唯一想要做的事情就是好好地睡上一觉。我需要休息，我当时什么都没有想。我挨近一张床就倒在了床上，我心里的石头终于在我倒在床上的时候落了下来。那张床很不干净，但是我没有时间去想它的卫生情况，我昏睡了过去。我依稀还记得我曾经抓过一些衣服胡乱地盖在了我颤抖的身上。直到第二天9时我才醒来。

"我睡的那张床的床头有一个时钟，我第一眼见到的不是床头的时钟，而是一个十分矮小的人。他的脑袋长得十分不规则，这时，矮个大头男人发出一阵傻笑。我又定睛一看，我吓了一大跳，在他的后面还站着比他更为丑陋的人，他们的样子都变了模样。我想世界上再也没有长得像他们这样奇丑怪异的人了。他们都不懂英语，因为我对他们说了不要伤害我，但是他们都恍然不知。他们傻待着看了我一阵，都不知该怎样回答我。

"紧接着他们就愤怒了起来，尤其是那个大头家伙，他不由我分辩，就用他那双肿胀的手捏住我的双腿往床下拖。他根本就不顾我的伤口已经再次裂开了，他把我拖到哪里，我伤口的血就流到哪里。那个矮个大头的力气大得出乎我的意料。我被拖下了病床，其他围观的人都哈哈大笑了起来。

"正在这时，一个上了年纪的首领赶来了，他是听到房间里的吵闹声才赶过来的。如果不是他及时赶到的话，我真不知道他们会把我怎么整治下去。他用荷兰语严厉大声地对那个矮个大头说了几句，那个家伙才停止了对我的折磨。

"那个首领用惊异的目光打量着我。他问我：'你是什么人？怎么会来到这里？'我正要站起来回答他的提问，这时他又赶忙说道：'你不要乱动！你伤得不轻，你不必担心，我会马上派人来为你包扎伤口。这里离天堂很近，要知道这里可是麻风病院，你刚才躺的是麻风病人的病床。'

"他没有再让我在这个混合大病室养伤，而是独自为我安排了一个单人房间，他照顾得非常周到。

"一个星期后，我被送到比勒陀利亚总医院。回到家后，我的脸上就突然出现了这些可怕的东西，我想我是得了麻风病。我千方百计地想避免这种症状的发生，但还是发生在我身上了。这令我寝食难安，我真的非常担心我的这种症状，我的家人也束手无策，他们只好为我安排了一个单独的房间，让我静心疗养。

"为了我的声誉，我的家人对外封锁了我的消息，他们是逼于无奈才这样做的。我的家人为我做的保密工作做得非常好，凯尔夫夫妇是我们家值得信赖的人，他们知道其中的原委。还有凯特先生，他跟我父亲关系很好，他还是一个外科医生。凯特先生愿意为我的情况保密，决不向外界透露，我们家一直把我的病情隐瞒了起来，当地的人都相信我出了远门，环游世界去了。多勒，我的朋友，我对不起你，谢谢你对我的关心。我认为我父亲那封信能够骗过你，但恰恰相反，现在给我带来了灾难。为什么会这样？你为什么要带陌生人来揭穿我的隐私？"格弗雷满脸的悔恨。

老上校用手指向我指了指，他说："是他们硬要逼我这样做的，这位名叫福尔摩斯的先生用纸条的传递方式让我知道了他对这件事情的把握程度。他都知道了，他说你一定是得了麻风病。我相信他的能力，我想到了请他帮忙，福尔摩斯先生一定会有办法的。"

老上校对我的态度明显好了许多。我对格弗雷的医务护理凯特先生说："埃姆斯沃斯上校这样做是对的，多一个朋友就多一个帮手。我知道凯特先生医治过一些病人，我想问你的是，你是皮肤病专家吗？这可是一种热带病或者说亚热带病。"

凯特先生的口气很坚决："医生这个概念你应该明白，福尔摩斯先生！"

我对他说："我相信你在这方面的造诣。我想你不会拒绝在同一个病例上听听别人的意见，这很有必要。我知道你这样不顾危险的和病人住在一起的苦衷，你是担心别人对你施加压力，要你将病人交出来，把病人彻底与世隔绝。"

"没错，福尔摩斯先生说得很对！"埃姆斯沃斯上校马上接着说道。

"这件事在我的意料之中。所以，我特地带来了一位皮肤病权威专家，他是我一直信赖的好朋友。我以前帮过他，他也很想为我做点事情，所以我把他带来了。他的医术在整个医学界都很有名，他就是詹姆士·哈德斯爵士。"

当我说出詹姆士·哈德斯这个名字的时候，凯特先生脸上表现出来的样子跟一个后辈见到了他所崇敬的前辈一样。

"我能够在这里见到詹姆士·哈德斯先生真是前世修来的福气。"他毕恭毕敬地说。

"既然是这样，詹姆士·哈德斯爵士的出场就很有必要了，我马上就去邀请医学权威人物哈德斯爵士，他在马车上可能坐得早已不耐烦了。"

凯尔夫听我说到这儿，未经埃姆斯沃斯先生的同意，就飞快地跑向了大门，请哈德斯爵士去了。我看见埃姆斯沃斯上校脸上的笑容很灿烂，我又对他说："这个时候有一点空隙时间，我们不妨到你的书房去，我必须向你解释我的一些冒昧的想法，这也是我对于这件事的最初推理。"

老上校很感兴趣，他愉快地答应了下来，我们一起走进了书房，听众不多，就那么几个与这件事情有关的人。

我对埃姆斯沃斯上校说："我的推理过程是一个假设的延伸：排除所有的不可能，那么剩下的情况，不论它有多么不可能，也必然是事实。在那种有多种可能性的案例中，必须对所有的可能性加以验证，直到最后那种能够让人信服的可能性出现。

"我们不妨用这种假设的方法来解释一下这件事情。我当初一听多勒先生说这件事情的时候，我马上就想到了这件事情有三种可能的解释，这三种解释足够用来说明为什么格弗雷会被老上校在自家庄园的小屋里隔绝或者禁锢起来。第一，他极有可能是犯了罪，急迫地要躲过警察的追捕；第二，他很有可能是得了精神病，但家人又不愿把他送进精神病院；第三，他很有可能是得了某种传染病，家人要把他隔离起来。如果这三种答案都不是的话，我想就只有上帝知道这其中的秘密了。现在上帝不能出来证明，那就让我来证明一下吧！在我的头脑里，格弗雷是因为犯罪而把自己关起来这种答案不成立，你们这个地区到现在都没有破案的犯罪报告，这一点我想我比大家都清楚。

"格弗雷如果是一个身份未暴露的罪犯，那么，老上校会从家族利益考虑，必须把格弗雷弄走或者送到国外去，而不是隐藏在家里。所以说，格弗雷因为犯了大罪而被关了起来，这种假设根本就不能成立。格弗雷得了精神病，他疯了，这种可能性要大一些。

"凯特先生在小屋里的身份证实了这个假设，他给人的表面印象是强行禁闭。但是另一方面，这种禁闭又不是很严格，要不然格弗雷是不可能有机会出来看他朋友的。

"多勒先生，你应该没有忘记，我曾问过你，凯特先生是在看什么报纸，如果凯特先生看的是医学报纸，那么对我的推证就更有利了。假设格弗雷真是得了精神病，但只要有医生照看并且上报了有关部门，让病人住在家里也是合法的，但是为什么要把持得那么严密呢？给人的感觉是另有原因，并不是格弗雷得了精神病。

"最后一种答案就是格弗雷得了麻风病，这种可能性虽然很离奇，似乎不可能，但是它却完全符合实际情况。麻风病在南非是一种常见病，格弗雷在南非参加过战斗这件事是詹姆斯·多勒先生告诉我的，格弗雷极有可能是得了这种病。格弗雷家人不愿意把格弗雷交给麻风病院将他隔离起来，所以格弗雷家人才会处在极度恐慌的境地。我确信格弗雷是得了麻风病，于是我就和多勒再次拜访贵府了。我刚进门不久，就发现了为格弗雷送饭的凯尔夫先生戴的消过毒的手套，我就更加相信格弗雷是得了麻风病。我和老上校第一次见面的时候，我也为了替格弗雷保密，我把我所发现的秘密写在了纸上，老上校相信了我不是来害格弗雷的。"

我的话刚说完，我的朋友，医学界皮肤病权威专家詹姆士·哈德斯爵士在凯尔夫的陪同下走了进来。他为格弗雷诊断了一下，他那许久不曾流露过微笑的脸，这一次流露出了罕见的微笑。

他愉快地走向了老上校，并且握住了老上校的手，告诉他："你能够从我的脸色中看出你的宝贝儿子所得病并不是你想象的那么糟糕。你可能不会相信，但是我必须告诉你，格弗雷得的并不是麻风病。"

老上校惊呆了："你再说一遍！他得的不是麻风病？"

"是的，格弗雷得的不是麻风病，这是一种典型的类麻风，也就是鱼鳞病。这种病后果并不严重，它唯一的危害就是影响皮肤破坏人的外表。但不用担心，它可以治好，不会传染。很抱歉，福尔摩斯先生，这种皮肤病是不是给你开了一个有点戏剧性的玩笑？我想格弗雷之所以这样恐惧这件事情，跟他的心理因素有很大的关系。很有可能是格弗雷在接触麻风病人之后，由恐惧心理潜滋暗长了一种生理作用。格弗雷，你说对不对？事情就是这么简单。咦！埃姆斯沃斯夫人怎么昏倒了！凯特先生，你也应该显示一下你的真实本领了！"

格弗雷的母亲一听说格弗雷的病并不严重，根本不会威胁生命，一时高兴过度，竟然昏过去了。

王冠宝石案

华生医生非常愉快地回到了贝克街福尔摩斯的住所，在这间摆设混乱的房子里，有很多著名的冒险都是从这里开始的。

他一进门，就像打量老朋友一样环视了房子一遍。科学图表依然钉在墙上，那个被强硫酸烧坏的药品架子还摆在屋角那个位置，小提琴盒子也还是放在屋角，没有一丝变化，原来是什么样子现在仍然是什么样子。最后他的目光盯在了比利愉快的脸。

比利是福尔摩斯的一个小助手，年纪不大，但是头脑聪明，机智灵活。福尔摩斯非常喜爱这个小家伙，有他在，福尔摩斯应该不会太寂寞。

华生向比利打招呼："嗨，亲爱的比利，你的样子越来越可爱了。福尔摩斯最近好吗？"

比利的脸色在这个时候突然忧虑了起来，他下意识地看了看那关着的卧室门。

"他可能是在床上睡着了。"比利说得并不轻松。

那个时候正是炎热夏天的晚上7时，对于福尔摩斯在这个时候睡着，华生已经习惯了，福尔摩斯的生活就是这么没有规律。

"福尔摩斯现在是不是接了一个案子？"华生问比利。

"不错，先生。他目前这一段时间都非常忙，我现在十分害怕他的身体健康状况。他的脸色越来越不对劲，越来越不正常，他的体重正在减少，饭也吃得很少。哈迪森老太太老是问他：'福尔摩斯先生，你准备什么时候吃饭？'但他总是说：'明天晚上7时吧！'你也知道他全神贯注破案的时候就是这样过日子的。"

"嗯，是这样的，我比你了解他。"

"最近他一直在跟踪一个人。昨天他乔装打扮成一个求职的人，而今天他又变了一个花样，乔装成一个老婆婆。我也差点被他骗了，不过我终于掌握了他的生活规律。"

比利耸了耸肩，望着那把折皱的遮阳伞，笑着说："喏，这是老太婆的道具之一。"

"福尔摩斯为什么要这么费劲呢？"华生问道。

比利轻声对华生说："我很愿意把这件事情告诉你，我知道你会守口如瓶的，因为你是福尔摩斯先生最信得过的朋友，而且还是他最要好的朋友。你可能听说过了，就是那桩王冠宝石案。"

"哎呀！就是那桩价值10万英镑的盗窃案吗？"

"不错，确实是这样的。英国皇室决定不惜一切代价找回王冠宝石。说出来可能你不会相信，那天国家首相和内务大臣都来了，就坐在这个沙发上，他们非常看重福尔摩斯先生的侦探能力。福尔摩斯先生向他们许诺了，事情会真相大白的，但是那个凯特米尔勋爵却瞧不起福尔摩斯先生。"

"凯特米尔勋爵！他也来了？"华生有一点儿惊讶。

"是的，凯特米尔勋爵他也来了。他给我的第一印象很不好，我不会因为他是贵族人物就不敢说实话，事实上他就那副德行。用我的话说，他简直跟死人没什么区别。首相大人和内务大臣非常懂得尊重别人，我和福尔摩斯先生都对凯特米尔勋爵反感得很。他根本就不信任福尔摩斯先生，他多么希望福尔摩斯对这件案子束手无策啊！"

"福尔摩斯先生不明白凯特米尔勋爵对他的恶意倾向吗？"

"我想凯特米尔勋爵应该没有福尔摩斯先生聪明吧！"

"凯特米尔勋爵一直瞧不起我们，凯特米尔这个家伙根本不能和福尔摩斯相提并论。咦，比利，窗子前的那个帘子是干什么用的？"

"这是三天前福尔摩斯先生叫我挂上去的，帘子后面掩藏着一个秘密。"

比利飞快地拉开了帘子。

"啊！"华生医生忍不住惊叫了一声，是福尔摩斯的蜡像，简直跟真的一模一样，福尔摩斯身上有的东西，它都有。假福尔摩斯的脸偏向窗子，微微下垂，正坐在一把安乐椅上，似乎在读一本书。比利把蜡像的头取了下来。

"我们把蜡像的头随意摆动，目的只有一个，为了让它更像真人。这个蜡像做得真是太棒了，我简直不敢去碰它。只要打开窗帘，从马路对面就能看到它。"

"我和福尔摩斯曾经也使用过蜡人。"

"那个时候我们可能都不认识。"比利笑着说。随后他拉开了帘子往大街上望去，"嘿嘿，有个家伙在大街对面监视着我们。先生，你快来看看，他正在那个窗口观察我们这一边呢！"

华生正想向窗户走去，这时卧室的门被打开了，福尔摩斯走了出来。不错，他的神情的确不好，似乎大病了一场，但是他的步伐却仍然像往常那样敏捷。他的身形在我们身前一晃，帘子就已经被他拉上了。

"下不为例，亲爱的比利，你不知道刚才你拉开窗帘的时候有多么危险。华生，我们又见面了，很好，感谢你在这个时候来看我。现在看到你，我又踏实多了，谁叫我们是好朋友呢！"

"亲爱的比利，你该回去了。你太小了，有些事情你还不明白，我不能再让你在我身边为我承担危险了。"

"你有什么危险，神探先生？"

"突然死去的危险！如果我没有猜错的话，今天晚上会有大事发生。"

"什么大事？"

"一场暗杀活动，华生。"

"你很幽默，而且是越来越幽默，神探先生。"

"我想我还从来没有用暗杀这种致命的事来幽默过吧！我必须申明，我以前没有，现在也没有，将来更不会有。现在危险还没有向我们靠近，我们不必浪费这一段大好时光。华生，为你的到来，我们应该庆贺一下，酒应该是少不了的，还有我的烟斗应该继续点着，你的位置还在老地方。这些天来，我一直把它们当成我的主食。"

"你为什么不吃饭呢？我想我们不应该拒绝这件好东西的。"华生说道。

"你是医生，应该不会忘记饥饿的作用。饥饿能够有效地改善人体的机能，在消化过程中得到的供血量只等于脑力损失的供血量。你知道的，我只为我的头脑而存在，我从来没有停止思考，我一直在思考。"

"但是，你所说的危险到底是怎么回事？拐弯抹角并不是你的本性。"

"好吧，我也不瞒你了，让你知道凶手的名字以及他的地址总比不知道要好得多。我破获的很多案件中，被害人到了天堂都不知道杀害他们的人是谁，这的确很残忍。记住，用笔抄下来吧，内格洛托·希尔威亚斯伯爵，莫尔赛花园街136号，就是这么回事。"

华生那纯朴的脸已经颤抖起来，要知道福尔摩斯所面对的对手是多么强大，这并不是一件容易对付的事情。华生是个很实在的人，为朋友，特别为福尔摩斯，他愿意两肋插刀。

"你别把我排除开外，我是你的朋友。这两天我愿意为你做点事情。"

"华生，你为了我，经常欺骗自己，这样似乎对你不公平，你明明是一个很忙的医生，每时每刻都要为病人看病的。"

"这不是我现在需要做的事情。再说，都只是一些小病，不碍事，还有别的医生呢！我不明白的是，你完全有理由让警察去把他铐起来呀！"

"我也想这么干，这也正是令他不安宁的原因。"

"你还在等什么呢？难道叫他自己老老实实跑到监狱把自己用铁门关起来吗？"

"你太夸张了，王冠宝石的下落还不清楚，只有他才明白其中的细节。"

"是呀！比利对我讲过的，这的确比逮捕他重要。"

"你的观点很正确，得到王冠宝石，然后把它带回来，的确比逮捕他重要。我做的工作已经有一点起色了，但是宝石的下落至今还是一个未知数，这是一个令人心碎的问题。"

"希尔威亚斯伯爵是主谋吗？"

"是的，你说得不错，他就是幕后主谋。出面的是赛姆·默尔顿，一个拳击手。这个名叫赛姆的拳击手心地还是挺善良的，因为在希尔威亚斯手下做事，他不得不干一些坏事。只有希尔威亚斯才会重用他。"

"那么这个希尔威亚斯现在藏在什么地方呢？"

"我跟踪了他一个上午，也就是在今天，他就在我的身边。你应该还没有忘记我以前乔装打扮成老太婆的模样吧，华生！今天的老太婆装扮，是我至今最满意的乔装作品。有一次他还为我拾起了我的遮阳伞。'很抱歉，太太，'他这么说。他在那种时候还没有忘记道德，但在对待王冠宝石的时候，他又是那么凶残，完全是两个不同的人。"

"他或许是许多人当中的一个特例吧！"

"嗯，应该是这样的。我跟踪他到密诺里斯的老斯特劳本齐商店。这个商店挺大的，是做气枪生意的，店里的气枪做得很精致，我看见有一支在对面的窗口瞄准着。你看过我的蜡像没有，哦，比利早给你看过了，假福尔摩斯随时都有可能脑袋开花。又有什么事情，比利？"

比利这时双手捧着一个托盘，托盘上面压着一张名片，福尔摩斯只瞥了一眼，眉头就皱了起来，但是脸上却显露出诙谐的笑容。

"这个该死的东西突然在这个时候来会见我，这倒是出乎我的意料。华生，交给你来对付吧！他敢来见我，这说明他还是一个有胆量的人，他的枪法不赖，他的枪口正在对准我呢！他还是有点胆识的，至少他还能感觉我的存在对他们的威胁有多大。"

"报警，让警察来收拾他吧！"

"应该的，这是警察的职责，但现在恐怕还不能这样，这会打草惊蛇。华生，你应该感觉到街上有一个人在走来走去。"

华生谨慎地朝街上瞥了一眼。

"一切都在你的掌握之中，是有一个傻大个在门口走来走去。"

"那个傻大个就是赛姆·默尔顿。比利，亲自来找我的那个家伙现在在什么地方？"

"客厅。"

"等我一按铃，你就带他到这里来。"

"知道了，福尔摩斯先生。"

"如果我不在这里，你也让他一个人进来。"

"知道了，福尔摩斯先生。"

华生等比利出去，马上就关上了门，紧接着就冲着福尔摩斯说："朋友，你是不是搞得太夸张了一点。他可是一个亡命之徒，他可不管你是谁，他的任务只是执行主人的命令，他会毫不留情地杀掉你的。"

"我知道。"

"我不会在这个时候离开你的。"

"你不觉得你根本就帮不了我吗？你这不是在阻拦我工作吗？"

"因为我们是好朋友，你说什么都没有用，我不会离开你的。"

"我想你此时此刻是太冲动了，我有权让你离开我的房间。"

"你的废话挺多的，我不喜欢你这样。"

"真的，华生，你必须离开这里，你的离开并不会让我遭遇什么不测。恰恰相反，我会没事的，你不会连我说的话都不相信吧！这个该死的家伙虽然是为了执行使命，但他的到来会为我带来好运的，你应该相信福尔摩斯。"说着他取出笔记本，急急忙忙地写了几行字。"你马上把这张纸条交给伦敦警察厅侦查处的尤格尔，之后跟他的手下一起来，那么这个该死的东西就会结束他的一生。"

"我愿意为你干点实事。"

"你们回来的时候正是我找回王冠宝石的时候。"他按了一下铃，"我们最好从卧室门离开，这个旁门很有用的，我要等待幕后主谋出现，我的出现应该会让他们措手不及的。"

没过多久，比利就把希尔威亚斯伯爵带到空屋子里来了。这个有名的狩猎者、射击手、富家公子是一个身材高大、古铜色皮肤的男人，他的胡须修剪得非常精致，鼻子的外形很像鹰爪，给人的感觉有那么一点阴险狡诈。

他的穿着打扮似乎不符合他的伯爵身份，华而不实的那种。他把门轻轻地关上了，之后便立刻用凶狠而惊惧的眼光四处乱看了一遍，似乎在担心屋里有意料不到的陷阱。他的眼光没有错过窗前的福尔摩斯蜡像，当他看到蜡像的时候，眼睛瞪得不可想象地大。刚开始他的眼神还是纯粹的惧怕，到后来，也就是一分钟的时间，他的眼神就来了一个大转变，他眼露凶光。他非常警惕地朝四处巡查了一遍，确定没有危险后，他就抡起了粗手杖，轻手轻脚地向蜡像靠近，他带着险恶目的向假福尔摩斯靠近。

正当他要全力出击用粗手杖置蜡像于死地的时候，突然从卧室门口传出了一个镇定而嘲弄的声音："住手！伯爵！你这样做不对！"

伯爵吓了一大跳，他看不到声音发起者的具体位置，他以为是蜡像发出的声音，他把蜡像当做了大名鼎鼎的私家侦探福尔摩斯。

他又要抡起粗手杖去进攻蜡像时，福尔摩斯出现了，就在卧室门口，"吓着你了吧，挺抱歉的，"福尔摩斯朝蜡像走了过去，"这是法国塑像家塔维里埃的作品，他的手头功夫不比你的朋友斯特劳本齐做气枪的手头功夫差。"

"你说什么？你什么意思？你别搞错了，我可是伯爵！"

"你不觉得帽子戴在头上，手杖拿在手上挺累的吗？先把它们放到茶几上去吧！就这样，请坐。你身上的手枪随时都有可能会发生意外事故，我们不排除它会走火，伤了谁都不好办。你既不愿意取下你的手枪，那就随便吧！很高兴在这样简陋的地方见到你。"

伯爵眉头紧锁，怒气正在上冲。

"我早就想找你聊聊，一直都没有时间。现在好了，我们都有时间了。福尔摩斯，我刚才的动作你应该一辈子都不会忘记吧？"

福尔摩斯微笑了一下，算是对他动作的回答。

"我很欣赏你的坦诚，我想这是你一直想干的事情吧？既然有机会，你肯定不会放弃。"福尔摩斯说。

"是你首先对我不敬的，你为什么要派手下来跟踪我？"

"什么我的手下？根本就没有这回事！"

"你还骗我！你派人跟踪我，我也派人跟踪你。对不起，我是跟你学的。"

"随你怎么在往我的头上加盖莫须有的罪证，伯爵，我希望你的礼貌常识应该还没有忘记。别忘了在叫我的时候要加称呼，谁都知道我的这一职业决定了只有痞子才会直接叫我的名字。"

"嘿嘿，福尔摩斯先生。"

"太好了！我必须再一次向你重复，我没有派人跟踪你。"

伯爵不相信地嘲笑了一下。

"你把你自己想象得太高尚了，昨天有一个求职的工人，今天又有一个老太太，他们跟踪了我一天。"

"很抱歉，伯爵，你只能怪你自己的眼睛，你的眼睛里真是目中无人啊，你经常不把别人放在眼里，其中也包括我。我的乔装功夫也能瞒过你，勉强凑合着吧！"

"说什么？是你自己？"

福尔摩斯不好意思地撇了撇手，说道："看到那把遮阳伞没有，你应该没有忘记你为一个素不相识的老太太捡遮阳伞吧，这说明你并不坏，不是吗？"

"如果我早知道是你，嘿嘿，你恐怕要吃不了兜着走了。"

"感谢你高抬贵手！我们彼此都心照不宣，我们有很多机会都错过了。但是现在我们又见面了，你对我们的这次见面有很多的偏见。"

伯爵的脸色更加不妙，他轻蔑地对福尔摩斯说："你说得似乎有那么一点过火，这是你的个人观点，我不赞同。你是活得不耐烦了，你应该知道我的身份，你竟敢跟踪我，你有什么企图？"

"喔，伯爵，你以前到阿尔及利亚打过狮子的。"

"感谢你还记得我的狩猎。"

"你打猎又有什么企图？"

"别加'企图'这两个字，我讨厌你这样对一个英雄狩猎者的蔑视。为了我自己，怎么样？"

"我想当然也少不了为民除害，为国争光吧！"

"嗯，不错。"

"我跟踪你也是为了这个。"

希尔威亚斯伯爵大惊失色，他的手本能地向腰后探索。

"瞧，你这么激动！我想我没有不让你坐那个位置吧！我也别拐弯抹角了，我想找回那颗王冠宝石。"

希尔威亚斯伯爵脸色又缓和了下来，他重新坐到椅子上，凶恶的目光一直没有从福尔摩斯身上移开。

"你也不简单嘛！尊敬的福尔摩斯先生。"他冷笑道。

"我非常了解你此时此刻的心情，我是你的眼中钉，如果拔除了你的眼中钉，我想你肯定比我快乐。我们彼此的存在都是构成对方受伤的主要原因。你是来反跟踪的，你很想知道我对你的威胁有多大，当然我知道，你会留给我一颗致命子弹的。因为我已经掌握了你的全部秘密，但是还有那么一点，这一点等一下你就会告诉我。"

"是的，我会为你准备一颗让你去见上帝的子弹，在你临死之前我不会让你失望的，你问吧！"

"你把王冠宝石放到什么地方去了？"

希尔威亚斯伯爵非常谨慎地看了福尔摩斯一眼，"你这个问题问得很深奥。你问我，那么我问谁去？"

"你的手段很高明，你问你自己吧！"

"嘿嘿！"

"你还不具备欺骗我的能力，伯爵。"福尔摩斯严峻的目光一直不肯放过希尔威亚斯的眼睛，这种逼视是最有力的进攻。"你的伎俩早被我看穿了。"

"你这么厉害，你肯定知道王冠宝石藏在什么地方了。"

福尔摩斯笑道："我们现在必须承认目前只有两个人知道宝石的藏身之所，一个是上帝，另一个是你。"

"你胡说八道，你强词夺理，我要告你诬蔑好人。"

"我敢这样说，上帝目前还不会承认你的好人身份，这一点你应该非常清楚，你知道你现在的处境很危险。"

伯爵不屑一顾地把目光从福尔摩斯身上移开了，"你也应该明白你目前的处境也不妙。"

福尔摩斯瞥了他一眼，然后目光移向了抽屉边缘，最后他才决定站起来，走到抽屉边，从抽屉里拿出了一个厚厚的笔记本。

"你大概还不知道这里面有些什么东西吧？"

"鬼才知道里面有些什么东西。"

"你错了，恰恰相反，你就是杀人不眨眼的魔鬼。"

福尔摩斯紧接着又说："上帝不会饶恕你的，恶魔希尔威亚斯。"

"你太过分了，福尔摩斯！我是希尔威亚斯伯爵！我有权告你诽谤我！"

"别急，我们有的是机会。你谋杀了哈罗德太太，然后她的布莱默产业就是你的了，很遗憾，你把它全输光了。"

"你在说什么鬼话！"

"还有瓦伦黛小姐的一生。"

"等等！轮不到你再胡说八道下去！"

"别急，后面还有。1892年2月13日里维埃头等火车上的大劫案、1892年里昂银行巨额伪造支票大案。"

"关于伪造支票大案你讲得不正确，这不符合事实。"

"那么说我前面说的都是正确的了？我叫你别太激动，在什么时候应该激动，你是伯爵你应该非常了解。是时候了，别耽误时间，你还是老实交代吧！

"现在已经到了你必须坦白的时刻，我有能力现在就逮捕你以及你那个手下默尔顿。你不必惊讶，我已经非常清楚你们两个人曾经在一起干过的勾当，王冠宝石案是你们俩的代表作。"

"啊！你怎么知道的？"

"我知道送你到白金汉宫的马车夫是谁，带你离开白金汉宫的马车夫又是谁。我知道在案发现场看见过你的看门人；我也知道艾奇·萨德斯的情况，他不愿意毁掉王冠宝石。现在艾奇已经投案自首了，你们的阴谋已经暴露了。"

希尔威亚斯伯爵额头上的青筋根根暴出，他那双粗大的手急躁地搓来搓去，他想说点什么，但最终什么也没有说。

"这就是我要告诉你我所掌握的证据，你在这些证据面前没有一点负罪感。你如果还有那么一点良知的话，那就赶快说出王冠宝石的下落吧！

"如果你仍然要这样执迷不悟，你应该非常清楚地想到，监狱的大门正向你敞开着，你偷盗的是王冠宝石，伯爵，这么贵重的宝贝，你应该明白牢底坐穿的味道。你拿着宝石又有什么用呢？没有一点用处，你只要把宝石交出来，一切都好办了，我可以请求首相大人放你一马，你仍然是一个自由的公民。但是如果你仍然要坚持你对宝石保持独霸信念的话，后果就自负吧！我和首相大人都只要求你交出宝石，你就没事了。"

"假如我不配合你们的工作呢？"

"我早已经说过了，后果自负，牢底坐穿！"

就在这个时候，福尔摩斯按了一下铃，比利马上出现在门口。

"希尔威亚斯伯爵，你不能忘记你的志同道合者赛姆，他虽然没有你聪明，但有一个伙伴陪你共度难关，你心里应该会踏实一些。比利，你去请在大门口站岗的那位大个头赛姆先生吧！"

"但是他会拒绝我的邀请，先生。"

"这个很简单，你对他说楼上的希尔威亚斯伯爵现在需要他，他会跑得比你还快。"

"你到底想干什么？"比利下去叫赛姆了，伯爵迫不及待地问福尔摩斯。

"刚才我的朋友华生也在这里，我跟他说，案子马上就要水落石出、真相大白了。他代替我去干一件非常有意义的事情，你等着瞧好了。"

希尔威亚斯伯爵又一次站了起来，他的手再次不安地往腰后掏。福尔摩斯的口袋也有枪。

"你真是活得不耐烦了，福尔摩斯！"

"这个问题我比你考虑得更多，但此时此刻还不是我们讨论这种问题的时候。你应该多为自己着想，多想想你自己的问题，这样或许会让你更加心平气和一些，你应该好好面对现实。"

在这个时候，希尔威亚斯再现了他当年疯狂杀人的恶魔形象，他的整个身体都充满了杀气，但是福尔摩斯并没有因为他原形毕露而手忙脚乱，他反而显得威猛多了。

"希尔威亚斯，你别以为你有一支手枪就可以随心所欲了。告诉你吧，拿出了手枪，你也不敢朝我开枪，你应该清楚这个时候还不是杀人灭口的时候，至少地点你没有选对。听，你的志同道合者已经来了。嗨，你好，默尔顿先生。让你为我站岗，真是惭愧，辛苦了，请进吧！"

赛姆·默尔顿除了拳击技术高超外，其他的都可以省略不谈，但是他的形象可以证明他是一个没有主见、没有头脑的人。他不知道该进来，还是该站在那儿不动，福尔摩斯对他的态度明显让他不知所措。但是他还能够分辨出福尔摩斯是他和希尔威亚斯伯爵的敌人。他现在要做的是听从他主人的命令。

于是他向希尔威亚斯不安地问道："伯爵，这是什么意思？我搞不明白，有什么吩咐吗？"他的声音很粗犷，但声音里面很明显地夹杂了一些忧虑。

伯爵没有回答他，但是福尔摩斯没有令他难堪，他接过了赛姆的话头郑重地说道："可以这么说，默尔顿先生，情况不妙，形势不利，你们快要完蛋了。"

赛姆·默尔顿根本没有把福尔摩斯说的话当成一回事，因为福尔摩斯不是他的主人。他非常明白谁是自己的敌人，谁又是自己的朋友。他问伯爵："这个家伙在开什么玩笑？这并不好笑呀？"

"你说的话有那么一点笑料，但是我跟你一样，也觉得这并不好笑，你应该好好和你这位伯爵朋友进行一番深入浅出的对话。今晚上演的是悲剧，我敢打赌，绝对不是喜剧，因为大家都没有那个心情了。好了，我的时间在伯爵眼里是越来越少了，而且少得可怜，看来我应当好好珍惜这最后属于我的时光，你们慢慢聊吧！我必须去享受我的小提琴了，拉一支《威尼斯船夫曲》安慰一下我自己吧！5分钟后我再来接受伯爵的判决，怎么样？宝石或生命，随便你们选择。"福尔摩斯说到这儿，拿起小提琴就走了。很快，阵阵幽怨缠绵的曲调从关着房门的卧室传了出来。

"发生什么事了？"赛姆·默尔顿两眼发慌，迫不及待地拉住伯爵的手问道："是不是他什么都知道了？"

"这个该死的家伙，他太了解我们了，他好像亲眼看过我们行动一样。"

"上帝！"赛姆·默尔顿的声音悲观了起来，他的脸色惨白极了。

"该死的艾奇出卖了我们，他全部都抖了出来。"

"啊！他真的把我们出卖了吗？该死的家伙，我一定要杀了他！"

"这还不是重要的，我们现在必须想办法应付宝石这件事。"

"嘘！"赛姆·默尔顿警惕地巡视了房间四周。"福尔摩斯这家伙很厉害，小心提防！"

"他正在里面拉小提琴呢，他还没有一边拉小提琴一边偷听的能力吧！"

"不错，他也没有什么了不起的。但我们也不排除有人躲在窗帘后面偷听。这房间里的帘子可真多。"他非常警惕地朝四周望了望，当他发现福尔摩斯的蜡像时，他吓得目瞪口呆。

"傻瓜！那是假的！"希尔威亚斯不屑一顾地说。

"什么？不是福尔摩斯？吓死我了！它栩栩如生，简直就是第二个福尔摩斯。可是，这些帘子也太多了吧！"

"别担心那么多，时间越来越少了，我们应该珍惜剩余不多的时间。福尔摩斯是一个诡计多端的人物，他千方百计地想夺回王冠宝石。"

"该死的福尔摩斯！"

"他说过，他也答应了，只要我们透露王冠宝石的藏身之所，我们就自由了，不会受到法律的判决。"

"什么？让我们把王冠宝石交出来！这不是要让我们眼睁睁地丢掉10万英镑吗？"

"我们已经走投无路了。"

赛姆·默尔顿不知道该怎么办，他的手不知所措地放到自己的脑袋上去了。

"现在只有他自己在这个屋里，这是老天给我们的机会，他真不走运。让我们代表上帝判处他死刑吧！福尔摩斯一死，我们还用怕谁！"

希尔威亚斯伯爵晃了晃脑袋，他可不愿这样鲁莽。

"这样做没有一点用，要知道他的护身武器应该不会比我们的差。他是干这行的，枪不离身，再说我们一枪打死他，声音也会判处我们死刑的。我们逃不出这个屋子了。警察应该知道他所提供的情报，不然他不敢这么有恃无恐，咦？有声音！"

声音好像是从窗口发出的。赛姆和伯爵没有向窗口靠近，他们只是调转身子朝四周张望，他们不知道声音是从什么地方发出的，因为整个屋子除蜡像坐在窗口外，再没有其他的东西。

"应该是大街上的声音传上来了。"赛姆·默尔顿急切地说："主人，你的聪明程度远胜于我，你快想一个万全之策吧！事情的确不妙。"

"别担心，我什么人没有骗过？福尔摩斯这次也会上我的当。俗话说得好：最危险的地方，其实也就是最安全的地方。我把王冠宝石藏在我的内衣口袋里，今天晚上就把它运出英国，荷兰的星期天就是我们庆祝偷运宝石成功的时刻。你应该没有忘记凡·萨塔尔这个人吧？"

"我以为凡·萨塔尔下个礼拜才走呢！"

"原计划是这样安排的。现在没有办法了，他应该马上出发。我们一定要有一个人带着宝石到莱姆街去通知他。"

"可是他还没有做好准备呀！"

"管不了那么多了，必须这么干，一秒钟也不能再浪费了。"希尔威亚斯伯爵当机立断地说，他恶狠狠地瞥了一眼窗口。是的，刚才的声音确实是从大街上传上来的。

"该死的福尔摩斯，他只能在我们面前耍弄小聪明，我们要骗他真是易如反掌。这个该死的家伙一心只想抢回王冠宝石，这好办，我们胡乱编个地址，让他去找吧，他找一辈子都找不到，那个时候我们已经到了荷兰。"

"妙计，的确是妙计，只有你才想得出来！"赛姆·默尔顿差点就要大声喊叫了。

"你立刻带着王冠宝石去通知凡·萨塔尔，要他赶快行动。该死的福尔摩斯就交给我，让我来耍耍这个家伙，我会告诉他王冠宝石在利物浦保存得非常好，该死的福尔摩斯肯定会傻傻地寻找王冠宝石。赛姆，现在宝石就交给你了。"

"啊呀！你真的把王冠宝石藏在内衣口袋里了？"

"别担心，我早跟你说了，最危险的地方也就是最安全的地方。我们能够从白金汉宫取出来，别人也能够把宝石从我的住所里取走。"

"来，我好好瞧瞧。"

希尔威亚斯伯爵瞥了赛姆·默尔顿一眼，不慌不忙地把手伸进内衣口袋去掏那颗王冠宝石。

"你什么意思？到现在这个时候你还不相信我吗？别忘了，我也有份的！"

"我知道，我知道，你急什么呀？我的朋友，我们在这个时候一定要同仇敌忾，团结一致。来，我们一起到那边窗口欣赏一下吧，窗口光线明亮，你瞧，王冠宝石！"

"非常感谢！"这是福尔摩斯的声音，他跟他的声音一样是那么突如其来地出现，真是出其不意啊！福尔摩斯从蜡人的扶手椅上突然跳了起来，用迅雷不及掩耳的速度把王冠宝石从伯爵的手上夺了过来。他的手枪枪口已经瞄准了伯爵可怜的脑袋。福尔摩斯真正在他们两个自作聪明的家伙面前来了一个措手不及。

他们被眼前的情景吓傻了，一时之间，竟然不知道该怎么办，福尔摩斯乘机按了电铃。他镇静地说："就这样，就这样，很高兴你们能够如此心照不宣，这的确超乎我的意料。你们现在千万别愤怒，愤怒也没有用，因为刚才那惊心动魄的一幕已经结束了，而你们两位，也马上要结束你们的罪行了。"

希尔威亚斯伯爵此时此刻除了恐惧还是恐惧，他问道："你到底是人还是鬼，福尔摩斯？"他惊恐得不知道该怎样说话。

"很抱歉，我为你的眼力和智力感到伤心和难过。你别这么恐惧，看到你这个恐惧的样子我也会恐惧的。我的卧室还有一个旁门，被这帘子遮掩住了，我搬走假福尔摩斯的时候不小心发出了一点声音，你们没有追究下去，非常感谢。我作为一个忠实的聆听者能够坐在扶手椅上洗耳恭听你们的交谈而感到非常荣幸。"

伯爵有坐以待毙的感觉了，他的内心在不断地后悔。

"你不愧是福尔摩斯，对，福尔摩斯就应该像你这样。"

"你太夸奖我了，帽子戴得太高也会压死人的。"福尔摩斯笑得比较开心。傻大个赛姆·默尔顿搔头抓脑地思考了半天也不明白怎么回事。他说话的时候，楼梯上已经响起了急促的脚步声。

赛姆问道："我搞不懂你们在搞什么鬼，你的手提琴还在响呢？你又怎么解释呢？"

福尔摩斯说："你问得很好，我们应该感谢留声机这玩意儿，它能够代替我干很多事情。"

警察在案件结束的时候总是充当打扫残局的角色。希尔威亚斯伯爵、赛姆·默尔顿被抓走了，华生为福尔摩斯庆祝王冠宝石大案的圆满破获。正在这个时候，比利的小托盘上又出现了一张名片。

　　"凯特米尔勋爵来拜访福尔摩斯先生。"比利的声音不大也不小。

　　"比利，你好好地把他请上来吧！他的地位很高，在最高阶层他是一个有权有势的名人，我们都不能对他的忠实表示怀疑，可是他有那么一点让人讨厌。我们可以跟他玩一个刺激的游戏，在破案之后。"

　　凯特米尔勋爵的出现，我们没有半点惊讶，这早在意料之中。凯特米尔勋爵长得眉清目秀，但脸上的胡子实在是太多了，他的步伐走得也不是很稳重，一副冷漠的样子。

　　"凯特米尔勋爵，很高兴在这里再次和你见面，对于上次的见面，我还记忆犹新。"福尔摩斯热情地说道。

　　"我见到你也很高兴，福尔摩斯先生。"凯特米尔勋爵不冷不热地对待福尔摩斯的热情。福尔摩斯微笑道："我想我这个房间温度似乎很高，我为你脱下外套好吗？"

　　"谢谢。我感到把外套穿在身上很重要。"凯特米尔勋爵说。

　　福尔摩斯可不管那么多，一边说一边脱他的大外套，"不要客气！我朋友华生医生能够感觉到温度不时变化的坏处，他有这个能力！"

　　对于福尔摩斯这样的动作，凯特米尔勋爵感到十分不快。

　　"你不觉得你这样很累吗？福尔摩斯先生，我并不想在这里待很长时间。言归正传吧，案子办得怎么样了？"

　　"很抱歉，凯特米尔勋爵，这个案子不简单！"福尔摩斯脸色装得很尴尬的样子。

　　"哼！我早就说过嘛！事情并没有这么简单！"

　　凯特米尔勋爵的声音和脸色都不太友好。

　　"并不是每件事都顺心顺意，福尔摩斯先生。不过，你先别泄气，这件大案破不了，还有其他的案子在等着你呢！你说对不对，神探先生？"

"对，很对，我必须承认我不是神探。"

"对，福尔摩斯你应该谦虚一点！"凯特米尔勋爵脸上有点得意。

他又继续说道："你既然是私家侦探，那么还是掌握了不少有关这件案子的情况和线索吧！"

福尔摩斯说："不，不，很遗憾，我这次也许会失职。我想请你帮我一把！"

凯特米尔勋爵说："你别搞错了，你是福尔摩斯啊，又不是我要求接手这件案子的。不过，看你这么为难无助的样子，我还是愿意做点我力所能及的事情。"

福尔摩斯说："我想问的是，我们应不应该起诉盗窃宝石的人？"

凯特米尔勋爵说："这似乎为时过早吧！"

福尔摩斯又问："我们对于收赃者的行为该怎样处置呢？应不应该把他推上法庭？"

凯特米尔勋爵有点厌烦这种不切实际的交谈，他说："这似乎都是你说的空话。"

"不，不，我们应该具备最起码的法律意识，在你眼里，收赃者的定义是什么？"

"在他的眼里似乎没有法律意识，他只想把宝石占为己有。"

"那么你会把他当做罪犯处理吗？"

"完全是这样的。"

华生从来没有看见福尔摩斯笑得那么忍俊不禁，他被感染了，也笑了起来。

"对不起勋爵，我应该马上报警，让警察来抓你。"

凯特米尔勋爵对福尔摩斯接手这个大案本来就有意见，刚才一番交谈，他得知福尔摩斯对这件大案束手无策心中更是愤怒。而此时此刻福尔摩斯竟敢在这里说出这样大不敬的话来，他修养再好，也忍不住大声怒斥了起来："你简直是目中无人，这种玩笑你也敢开？我必须告诉你，福尔摩斯先生，我不能跟你比，我是一个时间观念很强的人，你应该知道我现在为你的这一番无稽之谈浪费了多少时间。我必须再次对你的办案能力表示不屑一顾，你这是浪费别人的时间，福尔摩斯先生，你最好以后改行，专门去跟别人闲聊，我的修养让我只能说到这里！后会有期！"

凯特米尔勋爵朝门口走去，福尔摩斯马上就挡在了门口。

"很抱歉，勋爵，我不能让你这样潇洒地离开这里，带走宝石的危险是多么可怕啊！"

"你真是太放肆了！我是勋爵，我现在有权力逮捕你，你诬蔑诽谤了我尊贵的身份。"

"你不妨把手伸进外套的左手口袋里。"

"你又要搞什么鬼？"

"你看你，就是太冲动了，你摸摸就知道了。"

凯特米尔勋爵的手放进去又拿出来的时间不超过3秒，这时他的左手掌上多了一颗硕大、闪着金光的宝石。他感到不知所措，他的声音在颤抖："啊！啊！怎么会这样呢，福尔摩斯先生？"

"对不起，尊敬的凯特米尔勋爵。我没事先告诉你我有一个缺点，我很爱捉弄别人，我认为这样能够调节一下我们紧张的精神。很对不起，我未经你的同意就把王冠宝石放进了你的口袋。"

凯特米尔勋爵望望王冠宝石又望望福尔摩斯的笑脸，然后笑道："福尔摩斯先生，你的确是一个令人捉摸不透的人。我必须实话实说，这颗宝石是王冠宝石。我为我刚才对你的不敬感到惭愧，我必须向你说对不起。真的，我非常感激你，你的诙谐行为跟你的办案能力一样棒。你是怎样破获这件大案的？"

"刚刚结束，一切都刚刚结束，我的朋友华生可能会告诉你我的时间观念，我的结束就是我的开始。我现在还有很多案子要办，你可以满意地回去交差了。喔，华生，我差点忘了，我的肚子饿了。"

三角墙山庄疑案

我和福尔摩斯一直都忘不了三角墙山庄疑案。那次三角墙山庄历险太跌宕起伏，太出乎意料了。

有一段时间我和福尔摩斯都没有见面，他的近况我不了解，我决定去看望我这位老朋友。他那天早上心情不错，也许是我们很久没见面了吧！他把我请到壁炉边的旧沙发边，坐下后，他兴致勃勃地叼着大烟斗坐在我对面的椅子上。

我们正要交谈，突然在这个时候发出"砰"的一声，一个身材魁梧的黑人气势汹汹地冲了进来。他的穿着打扮非常风趣，样子有点玩世不恭。现在他的表情十分丰富，因为有多种不同的愤怒，所以他的脸时常变化，我们都认为他的表演天赋很高。

"哪个是福尔摩斯？"他怒不可恕地问我们。

福尔摩斯不紧不慢地朝他摇了摇烟斗。

"嘿，是你？"那个人把愤怒的范围缩小了一半，他直接走向福尔摩斯，他的举止动作让任何人看了心里都会感到十分别扭。他竟然警告我朋友福尔摩斯："我希望你别狗咬耗子多管闲事，这样对你没有一点好处的！"

福尔摩斯又朝他摇了摇烟斗，对他说："应该还有下文的，下文应该还很精彩。"

那个人口气大得很，他对福尔摩斯说："喔？你以为真是那么好玩，那么精彩？你没有挨过揍吧？你挨过揍之后，就不会觉得好玩了！瞧瞧我这个玩意儿！"

那个人把他那对碗口大的拳头摆在了福尔摩斯鼻子前面。福尔摩斯感到十分可笑，但他还是仔细地瞧了瞧，冷冷地对那个人说道："你的拳头是不是天生就有这么大？还是最近突然膨胀变得这么大了？"

可能是因为我朋友福尔摩斯的外表和对话口气太稳重了，也可能是因为我抡起火棒时发出了"砰砰"的响声，一句话，那个人温驯多了，口气也不那么无所顾忌了。

"你别装得这么冷酷，你也别装得这么城府很深，像你这种装假的人，我见得多了。我丑话已经说在了前头，到时候你惹恼了我的朋友就别怪我们不给你面子，别怪我们事先不给你打招呼。我的朋友叫我来转告你，哈罗那件事你最好不要插手，你一定要记住！"那个人对福尔摩斯说。

福尔摩斯仍然十分冷酷地对那个人说道："你来得正好，我正要去找你呢，我早就知道你的大名了，你名叫史蒂夫·迪科希，是一个职业拳击手，对不对，我的史蒂夫·迪科希先生？"

"不错，我的大名很多人都知道。但是，我对你这种迎宾待客方面的礼节感到非常恼火。"他说道。

福尔摩斯这时目光突然锐利起来，他看着史蒂夫·迪科希的眼睛说："是的，你的名声是很大，我想你的名声这么大一定离不开你在荷尔本酒吧打死波金斯一事吧？"

那个黑汉一听到"在荷尔本酒吧打死波金斯"这句话时，脸色陡然大变，连脖根都是红一块紫一块的，他忍不住大声说："我不知道什么荷尔本酒吧，我也不知道波金斯是谁！你别诬蔑我！"

"法庭可能会相信你这种掩盖事实真相的回答，你和巴内·斯陀科戴尔的事我也非常清楚。"

"你千万别吓唬我！福尔摩斯先生——"

"好了，现在我叫你从我的房间里走出去，我想我还会见到你的。"

"好吧，尊敬的福尔摩斯先生。那我们就后会有期吧！但是我还是恳求你别把今天我冒犯你这件事情放在心上，好不好？"

"这很容易做到，但是你必须说出你这次行动的幕后指使人。"

"哎，你早就知道的，尊敬的福尔摩斯先生，巴内·斯陀科戴尔你不会忘记吧？"

"这我知道，我是问你真正的幕后指使人。"

"很抱歉，尊敬的福尔摩斯先生，别说你不知道，事实上连我也不知道啊！巴内只是让我转告你别去哈罗，如果一定要去的话，后果将不堪设想，就这么多。"

他一说完，就跑了，速度快得让我们来不及叫住他。福尔摩斯吸了一口烟，又吐了出来，他的脸色被浓浓的烟雾遮住了。

"华生，你抢起火棒的动作非常专业、娴熟，迪科希这个傻黑汉总算还有一点自知之明，不然吃你一棒，他可受不了。事实上，这个傻黑汉不是很坏，你别以为他是一个职业拳击手他就敢目中无人，其实他是外强中干，纸老虎一个。他是史宾瑟·约翰流氓犯罪团伙中的成员，他最近参与了一些犯法的事情，我一有时间就会把他们所干的那些事情查个真相大白。巴内是他的头头，十分诡诈阴险。他们专门干些骚扰社会治安的勾当，我想知道的是，他们的总后台是谁？"

"但是他们为什么要吓唬你呢？"

"还不是为了那个哈罗森林大案，迪科希他们既然亲自找上门来，由此可以看出，哈罗森林案不是一般的大案。"

"这到底是怎么回事呢？"

"如果不是史蒂夫·迪科希这个家伙刚才的打扰，我早就把这件事的大概情况讲完了。瞧，这是迈波利太太写给我的一封急信。假如你愿意跟我走一趟的话，那我们立刻就出发，先给她发封电报吧！"

我看到信上的内容：

尊敬的夏洛克·福尔摩斯先生：

我在近段时间遭遇了一些怪事，这些怪事都和我有关，我是多么希望你能够帮助我。假如你明天来，我会一整天在家恭候你的大驾。

我的宅园就在哈罗森林车站附近。我早知道我的亡夫默迪缇梅·迈波利曾经委托你办过案子。

玛莉·迈波利

信上的地址是：哈罗森林三角墙山庄。

"事情就是这样。"福尔摩斯说道,"假如你有时间的话,华生,我们现在就出发。"

我们一路上转车换车,曲曲折折,但终于还是到达了目的地——哈罗森林三角墙山庄。三角墙山庄是一座由砖瓦和木头建造起来的别墅。它的周围是天然草坪,上层窗户对面有三堵朝外凸出的山墙,所以就被命名为三角墙山庄。别墅后面种的都是松树,还没有长高,给人的感觉十分阴郁。三角墙山庄的环境具有天然美,内质里还显得非常幽深,一派萧索的景色。虽然如此,别墅里面的摆设却是非常考究的。接待我们的是一位上了年纪的老太太,她的气质非常高雅庄重。

福尔摩斯说:"我要告诉你的是,夫人,我对你的丈夫迈波利先生印象很深,他以前委托我为他办过一件小事。"

迈波利太太声音很清朗:"但是,你可能更加了解我儿子道格拉斯。"

福尔摩斯兴致很高地看着迈波利太太。

"喔,你就是道格拉斯·迈波利的母亲!我以前跟他见过一面,我对他的印象确实比迈波利老先生还深,要知道他曾经是那么有成就,很多人都很佩服他,他现在还好吗?"

"很遗憾,尊敬的福尔摩斯先生,他上个月患肺结核在罗马去世了,他原本是英国驻罗马大使。"

"对不起,迈波利夫人,我不该问这个令人伤心的事。道格拉斯·迈波利先生以前精力是那么充沛,那么英姿勃发。他非常热爱他的事业,同样也热爱着他的生命,他曾经是多么健康的一个人啊!"

"或许是因为他太热爱他的事业了,福尔摩斯先生,事业夺去了他的生命。也许他在你的记忆里是一个健康快乐的人,但是你却不知道他的另一半生活。他是多么忧郁不振啊,他对每件事物都充满了仇恨。在一个月前,我亲眼目睹了我那风度翩翩的儿子变成了一个心力交瘁的厌世人。"

"是不是他的恋爱不成功?"

"他是为了一个魔鬼,福尔摩斯先生,我们暂且不谈我那个可怜的孩子,我们的主要话题不是这个。"

迈波利太太心情低沉。

我对她说："好，我们言归正传吧！"

"我最近遭遇了一些非常奇怪的事情，这个房子我已经住了有一年多。我喜欢过清静的生活，很少跟我的邻居们来往。也就是在三天前吧，有一个自称是房地产经纪商的人找到我，他告诉我他的一个委托人看中了我这所别墅，假如我愿意卖的话，他愿意将这所别墅买下来。

"我马上就觉得奇怪了，要知道我家周围还有好几幢别墅要出售呢，并且那些要出售的别墅建造得并不比我家的差，有一幢还比我家的别墅还要好。但是，我对他为我提供的条件很感兴趣，接着，我出了一个价，那个价格要比我买进的价格要高出500英镑。令我没料到的是，这笔交易很快就定下来了。他还向我提出了一个要求，就是我家所有的家具必须全部卖给他的委托人。我家的这些家具样子和质量都不错，于是我就向他出了一个很利于我的高价，跟前面那笔交易一样，事情办得很顺利，这两笔交易都成交了。

"我早就想到外面去看看了，我认为如果这次交易成功的话，我的愿望马上就要实现，我会变得比现在更加有钱。

"昨天那个人又来了，还带来了拟好的合同，我把那份合同送给了我那位住在哈罗的律师看了，他立刻告诉我：'这份合同有问题。夫人，你可能不知道，只要你一旦在合同书上签了字，你房间里的任何东西你都没有权利拿走，即使是你的私人财产也不允许。'当天晚上那个人又来了，我毫不客气地指明了这一点，我对他说我只愿意卖掉这些家具。他说：'夫人，你别搞错了，是这个房间全部的东西。'

"我质问他：'那么我的衣物，我的首饰又该怎么算呢？'

"'原来你是为了你的私人财产这个问题，这个好办，你把你的私人物件带出这个房子的时候，必须接受我们严密检查，我的委托人并不在乎这些，但这是他的做事原则。他还让我转告你，如果全部卖的话，再高的价格他都可以接受，但是只卖一些物件的话，他就没有这个兴趣了。'

"我手头并不缺钱，于是我对那个人说：'好吧，我们就当没有谈过这件事情，请回吧，我不送你了。'但是，我现在还觉得这件事情有点蹊跷，真的很怪异。"

迈波利太太刚刚说到这里，我就看到了福尔摩斯做了一个安静的手势，紧接着他以迅雷不及掩耳的速度奔向门口，只见他用力一拉门，"砰"的一声，门被他一下拉开了，他的右手拎住了一个瘦高女人的衣服，福尔摩斯毫不客气地把她拖了进来。她发出一阵尖叫声："放开我，你要干什么？你太可恶了！"

"咦？苏莎，你这是怎么了？"迈波利太太不解地问那个被福尔摩斯拎着的女人。

"这个客人太不懂礼貌了，夫人，我正要敲门进来问客人们是不是要留下来吃午饭，他就莫名其妙地抓住了我。"那个女人狡辩道。

福尔摩斯不慌不忙对苏莎说："应该是这样的，你在门口听了足足有几分钟之久，我一直都很给你面子的，但是你真是不知好歹，苏莎，你的喘气声太粗了，这很容易暴露你的身份，你根本就不适应干这种事，不是吗？"

苏莎满脸惊异地望着至今还抓着她不放的福尔摩斯，问道："你是谁？你难道不嫌你的手不够累吗？放开我！在这里我只听我的主人迈波利夫人的吩咐，至于你，甭想管我！"

"迈波利夫人，我在这里必须问你，你有没有告诉过别人，我会来帮忙？"

"没有这回事，福尔摩斯先生。"

"那封信是谁替你寄的呢？"

"苏莎。"

"嗯，事情就清楚了。苏莎，你给谁通风报信，告诉别人迈波利太太要找我帮忙？"

"你别诬蔑我，我知道你精神不正常。"

"苏莎，你应该明白你撒谎的下场和后果。你到底给谁通过风报过信？"

"苏莎！原来你是一个不忠诚的坏女人。喔，我想起来了，我以前看到过你在院子门口和一个男人神秘兮兮地交谈过。"迈波利太太勃然大怒了起来。

"我有权处理我自己的事情。"苏莎一直在狡辩。

"看来你真是不要脸了,让我重新再告诉你吧,那个男人叫巴内·斯陀科戴尔,对不对?"福尔摩斯冷冷地对苏莎说道。

"你精神病啊!你都知道了,还问我!"苏莎很气愤。

"我不过是试探你一下,你就露出尾巴了。很好,苏莎,要是你老老实实地告诉我,是谁在幕后指使巴内,这10英镑就是你的了。"

"你太自不量力了,你给这10英镑能够有别人给我1000英镑给得爽快吗?"

"照你的话说,你们的后台老板是一个很富有的男人了?不对,你看你笑了,应该是一个很富裕的女人。我们都掌握了这么多线索,你还不如把那个女人的名字说出来吧,先拿到这10英镑也不错的。"

苏莎说:"你去死吧!精神病!"

"什么?苏莎,你必须为你刚才那句话负法律责任,法官不会轻饶你的。"

"我还在这里干个屁啊!你们这些该死的家伙。我明天就要搬走。"说完,她从地上爬了起来,气呼呼地走出了房门。

福尔摩斯对苏莎说:"走好,苏莎,你肯定得了哮喘病。"

福尔摩斯说完这句话的时候,苏莎也已经走远了,门被福尔摩斯重新关紧。

他停止了他的风趣,用非常严肃的口气说道:"事情发展得真快,真是有点出乎意料,对手的行动真是太快了,令我们防不胜防。迈波利太太,你给我寄的信盖的邮戳是上午9时的。苏莎寄信的时候立刻就向巴内通了风报了信,紧接着巴内又马不停蹄地向他的主人汇报去了,并从他主人那里得到了最紧急的命令。我为什么会认定他们的主人是女人,是因为我刚才说'他'的时候,苏莎在嘲笑我的判断。黑人迪科希很快就奉命来威胁我,时间发生在第二天上午的10时。很明显他们总是快我们一步。"

"但是他们这样做是为了什么呢?"迈波利太太困惑地说道。"这就是我们必须知道的问题。喔,对了,夫人,在你之前，是谁住在这儿？"福尔摩斯问道。

"一个退了伍的海军上校，名叫弗格斯。"

"这个人有什么特别的地方吗？"

"我从来没有听说过有关他的事情。"

"我认为他在地下埋藏了什么东西。虽然现在人们把值钱的东西都存放到邮政银行里去了，但是也不能忽略一些性格有些特别的人，他们热衷于把值钱的东西埋藏到地下去。我刚刚开始接手这件事情的时候，就是这么想的，但是我现在不这么想了，他们可能对你家的家具极感兴趣。但是他们要你的家具干什么呢？你对自家的家具应该很了解吧？"

"我想我家除了那一套王室德比茶杯之外，再也没有值得他们千方百计算计的东西了。"

"但如果是这套茶具的话，他们也用不着采取这些神秘兮兮的动作啊！他们为什么不直接了当地说出他们所需要的东西呢？如果他们真的十分关注你那套茶杯的话，他们只要直接出高价买下就行了，何必要买下所有的家产呢？我想，你家里肯定有什么连你自己都不知道的东西，如果你知道了，你是不会卖出去的。"

"我也有这样的想法。"我说。

"华生医生也同意我的这种推理，那肯定是没错的了。"

"福尔摩斯先生，到底是什么东西呢？"

"我现在也不能马上回答你这个问题，夫人。我必须再掌握一些线索再了解一些情况，我才能满意地回答你。你在这里准确一点的说住了多久？"

"差不多有两年了。"

"很明显了。在这么长的一段时间内没有人想从你这里搞走什么东西，但是在这三四天里，突然就有人要这样迫不及待地搞走你所不知道的东西，这可以说明里面大有文章。"

"这只能说明一个非常简单的问题，他们所需要的东西是刚刚搬进庄园里来的。"我分析道。

"又缩小了一段实际距离，形势一片大好。我想问的是，太太，最近搬进来的东西是什么呢？"

"咦？这就更令我摸不着头脑了，我家最近没添置什么东西呀！"

"正如太太所说的一样，这一下我也摸不着头脑，不过，这也没有关系，事情仍然还会有起伏的时候，我们会掌握更加详细有力的线索。你那位住在哈罗的律师是一个精明严谨的人吗？"

"苏特洛先生做事一直精明严谨，我非常信任他。"

"你还有其他的仆人吗？苏莎已经不是你的仆人了，她很不忠诚。"

"我还有一个年纪不大的女仆，她跟了我许多年，我非常了解她，事实上我也很信任她。"

"请苏特洛先生到贵府暂住几天吧，你需要周密安全的保护。"

"我有危险？"

"很难说，我也不敢说这件案子不会有暴力的插曲。我们在明处，对手在暗处，我们不得不小心谨慎。苏莎他们这伙可恶的家伙做事非常快，我们不能让他们有机可乘。我想去调查那个自称是房地产经纪商的人，他留下什么可靠的线索没有？"

"很抱歉，福尔摩斯，我只知道他的名字和从事的工作：海恩斯·约翰逊，拍卖商兼估价商。"

"电话簿一定没有他的详细地址和住处。光明正大的商人绝不会隐瞒他们的营业地址，今天就暂且到这里吧，我们继续保持联系。这个奇案我已经接了下来，太太，你放心好了，我会让你感到满意的。"

我们在迈波利太太的陪同之下来到了大厅，这时福尔摩斯的眼睛盯在了几个堆在角落边的大箱子，箱子上面贴着五颜六色的标签，炫人眼目。

"'米兰''卢塞恩'，嗯，这几个箱子是刚从意大利寄过来的呀！"

"是的，是我那个英年早逝的道格拉斯的遗物。"

"你一直都没有打开过吗？它们到了多久了？"

"上个礼拜收到的。"

"但是你刚才却说最近没有什么东西进入你的庄园，我现在又发现了一个新线索。只有上帝以及去世的道格拉斯·迈波利先生才知道这几个箱子里面有没有贵重的东西。"福尔摩斯不肯放过对这几个大箱子的调查。

"我儿子的收入只有他的工资以及那一笔数目不大的年薪。他不可能有什么值钱的东西。"

"迈波利太太，你应该马上派人把这几个大箱子抬到你楼上的卧室里面去，用最快的速度打开箱子查看有没有什么有价值的物件。我明天再来拜访，我希望你能发现新的线索。"

我们真的小看了我们的对手，他们对这件事情处理态度比我们严谨多了。就在我们俩拐过小路尽头的时候，我们发现了迪科希正躲藏在阴暗处。他站在那个阴暗的位置已经有很长一段时间了。福尔摩斯厌恶地把手探进了自己的口袋里掏来掏去。

"你想拿枪来对付我吗，福尔摩斯？"

"你又猜错了，我在找我的鼻烟盒，亲爱的迪科希！"

"福尔摩斯先生，你是一个捉摸不透的人，对吧？"

"你一直在跟踪我们，就只得到了这个答案，你又忘记了我今天对你说过的话了。"

"福尔摩斯先生，我在这里出现肯定是不对的，我哪里敢忘记你对我说过的话，关于波金斯那件事情，我真的不希望你再次提起。假如你需要我出力的话，我很愿意。"

"我就不客气了，你一定知道是谁在背后指使你干这件见不得人的事了？"

"尊敬的福尔摩斯先生，我早就对你说过这个问题，我不知道，我只知道我必须听巴内的，巴内听谁的我就不知道了。那不关我的事，我也不想知道。"

"很好，可爱的迪科希，我现在又得告诉你了，这幢别墅的主人以及主人名下所有拥有的东西，都是我的保护对象，你该明白你应该怎样做了。"

"就按你的意思去做，我的福尔摩斯先生。"

"华生，他果然还有一点良知，他害怕我到警察局去揭发他在波金斯案扮演的重要角色。"我们一边走一边谈论那个傻黑汉。福尔摩斯又说："他的确不知道幕后指使者是谁，幸亏我对史宾瑟·约翰逊犯罪团伙早有一定的了解。华生，看来我们还得去拉达尔·派克那里。我现在就去找他，等我从他那里回来的时候，或许这件案子就很清晰了。"

第二天我没有看到福尔摩斯，但是我非常了解福尔摩斯，他这一天一定很累，废寝忘食那是一定少不了的。拉达尔·派克是一个好吃懒做的家伙，他的脾气有点怪异，没有人缘，但奇怪的是，他跟福尔摩斯关系不错。他除了睡觉是在家里外，其余的时间都是在圣战姆斯街俱乐部里度过的。他专门在那里面搜集并传播伦敦各行各业的小道消息。他能够混到现在，完全是靠他那些小道消息卖给那些市井小报然后用稿费养活自己，他对伦敦黑白两道人物以及黑白两道发生的事件都十分清楚。福尔摩斯曾经十分谨慎地给拉达尔透露过一些消息，拉达尔很感激他。

到了第三天的早晨，我终于看到福尔摩斯满脸惬意地回来了。我知道他这次成绩不错，但是出乎意料的我们又遭遇了一件令人担忧的事情。事情是因为一封加急电报引起的：

　　快来，迈波利太太的庄园夜间被盗。警察亲临现场。

　　　　　　　　　　苏特洛

福尔摩斯脸色又恢复了往常那冷酷的样子，他冷静地说道："事情就快要水落石出了，但我没有想到事情会发展得这么迅猛，华生，你应该嗅到了这个案件深处阴暗的气息。这个幕后指使人来头不小，这我并不惊奇，在昨天拉达尔口中我就知道了这一点。我高估了苏特洛的能力，他是一个贪生怕死的人，事情不得不落成这样子，我们应该再往三角墙山庄走一趟。"

此时我们所看到的三角墙山庄跟我们前两天看到的那个井然有序的宅园大不相同了。宅园门口站着几个看热闹的人，几个一脸严肃的警察正在忙忙碌碌地做着检查工作。我们大步流星地走进去后，就碰到一个自称是律师的老绅士，老绅士的旁边站立着一位很开朗的检察官，一见到福尔摩斯，他就像老朋友一样谈了起来。

"哦，福尔摩斯先生，我想这件小案就不用劳你的大驾了。这个案子太普通了，一起小小的盗窃案。随便哪个警察都能够办理这件案子。"

"不，我不赞成你这个观点。我必须承认正在这里调查的警察都是一些优秀的警察。"福尔摩斯纠正那个正在泛泛而谈的检察官的话语，"你刚才说这起案子很普通，对吧？"

"是这样的，我是说过这么一句话，我知道入室盗窃的人都是一些什么人，我也知道到哪里才能逮捕他们归案。事实上，这起入室盗窃案就是巴内·斯陀科戴尔那些家伙干的，其中就有一个高大的黑人，有人在这附近看到过他们。"检察官理直气壮地说。

"那么他们盗窃了什么东西？"福尔摩斯问道。

"直到现在调查结果都还没有发现他们偷走了什么值钱的东西。迈波利太太被罪犯麻醉了，宅园被罪犯翻得很乱。看，迈波利太太醒来了。"

迈波利太太在一个小女仆的搀扶下走了进来，她的脸有点浮肿，身体非常虚弱。

"福尔摩斯先生，很抱歉，那天你走的时候我没有听取你的建议。我太粗心大意了，我也不想麻烦苏特洛先生，我没有一点防范意识。"

"我也是在今天才得知迈波利太太的宅园被人盗窃了。"那位老绅士补充道。

"福尔摩斯先生曾经吩咐过我请一个朋友到我家来，但是我没有这样做，结果却弄成了这样。"

"迈波利太太，我看你的气色现在还没有恢复，你可以先休息，然后再把失窃的过程讲给我听。"福尔摩斯对迈波利太太说道。"都在这儿。"检察官自豪地拍了拍他手上那个厚厚的笔记簿补充道。

"但是，假如迈波利太太的身体健康状况还行的话……"

"事情就是这样的，并不复杂。不用再调查下去了，一定是那个该死的苏莎早就为他们计划好了偷盗的最佳途径，她是卧底，她掌握了我家每个角落的实际情况。那天，我感觉后面有人来偷袭我，我刚回头，一块沾有麻醉药的手帕就堵在了我的嘴上，之后我就不知道发生了什么事情。我醒来的时候，我第一眼就看到了一个可恶的盗贼站在床边，还有一个盗贼手里提着一个包裹。那个包裹正是从我儿子的大箱子里偷出来的，我看到那些箱子都被打开了，混乱得很，我心里一急就奋不顾身地扑向了那个盗贼。"

检察官忍不住失声道："这太危险了。"

"我没有想到我那时的力气竟然有那么大，那个大汉几次都没有挣脱出去，最后他可能使出了最大的力气才挣脱了出去，也有可能是另一个强盗绕到我后面击昏了我，我再次昏倒在地上。女仆玛利听到楼上剧烈的响声后，立刻打开了窗口，她尖叫了起来，警察闻讯赶到，遗憾的是那些恶棍早逃走了。"

"他们从你儿子的箱子里偷走了什么东西没有？"

"我儿子的箱子里没有值钱的东西，这个我敢肯定。"

"那伙强盗留下了什么线索没有？"

"地板上有一张被他们抢来抢去的纸，我猜可能是我从那个强盗手上抢过来的，纸上有我儿子写的文字。"

"那张纸没有多大作用。"检察官说道，"如果是盗贼的——"

"你也想到这一层来了，这说明你仍然是一个优秀的检察官，我想瞧瞧那张纸。"福尔摩斯说道。

检察官立刻从他的笔记簿里拿出了一张已经折叠起来的大页纸。

"我的办案原则就是一丝不苟、仔细、严谨，这是我25年以来积累的办案经验，你应该好好理解我这一番话，这对你以后的办案有很大的帮助，福尔摩斯先生。从这张微不足道的纸上我能够发现指纹之类的东西。"检察官很自豪地对福尔摩斯说。

福尔摩斯仔细地把这张纸看了几遍，然后他问检察官："检察官先生，我很想听听你的独特见解。"

"很简单，它看起来更像是某篇怪诞小说的结尾。"

"这一点是值得肯定的。你应该没有忽略这张纸的页码数吧！这张是245页。那么前面的244页跑到哪里去了呢？"

"这很明显，是让那帮强盗给抢走了，他们非常看重这玩意儿！"

"他们大张旗鼓只为得到这些纸，这太令人不可思议了。你认为这说明了什么，检察官先生？"

"同样很简单，他们被迈波利太太识破了他们的偷盗行为后就手忙脚乱起来，他们为了以最快的速度逃离现场，捞到什么就是什么了。我希望他们能够得偿所愿。"

"但是他们为什么只偷盗我儿子的东西呢？"迈波利太太问检察官。

"这其实也很简单，他们一定是在楼下没有找到什么值钱的东西，所以才会跑到楼上来捞点油水，这是我对这起案子的看法，福尔摩斯先生，你肯定另有高见了。"

"我必须学习检察官先生的一丝不苟、严谨、仔细的办案风格，我必须有一个满意的答案才能回答这个问题。华生，到这窗户边上来。"

我们并肩站在那里，一起阅读了那张纸，原文开头少了半句：

……脸上的剑伤又在不停地流血，但是当他看到那张他愿意为之付出自己宝贵生命的脸一直冷漠地看着他的伤痛和屈辱时，他的内心立刻就如刀绞剑割一般，上帝！

当他再次抬起头来看她的时候，她突然变了，变得像一个没有情感的恶魔！不错，她正在疯狂、狰狞、恐怖地大笑。

也就是在这一刹那间，爱情灭亡了，下了炼狱，憎恨潜滋暗长了起来。每个人都有存在的理由，我存在于这个世界的理由就是，我不能得到你的话，那我就要毁灭你。

"笔调很独僻怪异！"福尔摩斯重新把那张纸还给检察官，"你应该注意到这里面有一个微妙的变化，那就是原文里的'他'突然变成了'我'，这是一个重要的转折点。作者写得很投入，他开始并没有把他自己的身份写进去的迹象，写到最后，感情陡然高涨，他最终把自己的情感融入了进去，'他'终于演变成了'我'。"

　　"他写的这种笔调我一直不敢苟同。"检察官把那张纸放回到那本厚厚的笔记簿里面去了，他又说道："福尔摩斯先生，看样子你想离开这儿？"

　　"这里在场调查的每一位警察都非常能干，我如果再待在这儿的话，就有点喧宾夺主的味道了。喔，迈波利太太，你不是说过你想到国外去散散心吗？"

　　"有一个前提条件，那就是等我有足够的钱后，我一定会去的。"

　　"你的心态很好，你的生活将会更加美满，就此告辞了。我会再跟你联系的。"

　　我们再次从窗前经过的时候，我们看到了检察官一脸的嘲笑，好像在说："这两个家伙又要玩什么把戏？"

　　"事情已经快要接近尾声了，我们只需要再和一个人对证一下，答案就出来了。"

　　我们回到繁华的伦敦市中心的时候，福尔摩斯说："我们在事情快要结束的时候，办事最好是速度快一点。你能够和我一起去，我很感激你，伊莎朵拉·格莱茵会因为我没有现场证人而要赖的。"

　　我们上了一辆速度非常快的马车，马车带着我们往格洛斯温勒广场的某个地方奔驰而去。一路上，福尔摩斯一直在思考着。突然，他变得愉快了起来，眉头舒展得非常轻松："华生，你现在知道这个案件的真相了吗？"

　　"我现在还不能肯定，因为我所掌握的线索还不能解释案件的起因，我只清楚我们马上就要看到这个案子的幕后操纵人了，她是一个女的。"

"对极了！但是你不可能对伊莎朵拉·格莱茵没有一点印象。她是英国最漂亮的女人，她属于正宗的西班牙血统，也就是属于南美征服者们的血统。她家族里的优秀人物已经在巴西伯南布哥当了很久的首领了。她非常精明地嫁给了德国制糖业大王——格莱茵。没过多久，格莱茵死去了，她成了世界上最漂亮、最富裕的寡妇。从此，她过上了为所欲为的生活。她有好几个情人，道格拉斯·迈波利也是她的情人之一。他不是情痴，也不是一个花花公子，他是一个感情专一的男人。他为她付出了一切，他也想得到她的一切。伊莎朵拉·格莱茵是一个水性杨花、势利负义的女人，在她的欲望一旦得到满足后，剩下的就只有空气了。她会不惜代价地让对方明白她这种水性杨花的特点。"

"那么那张纸上所描述的就是道格拉斯·迈波利和她的故事了。"

"太好了！你终于想到了这至关重要的一点。我还听说她马上又要精明地转嫁给年轻的罗蒙公爵了。要知道新郎小得可以当新娘的儿子。她很担心她的旧事会曝光，所以她就要采取必要的行动。嘿，挺快的，下车吧，华生。"

这里是伦敦西区最昂贵的住宅之一。一个面无表情的仆人把我们的名片送了进去，只过了一刻钟，他就匆匆忙忙地赶到我们面前说女主人不在家。"这好办，我们就等她回来吧！"福尔摩斯挺有耐心的，仆人这下更匆忙了。

"你们应该明白这里面的意思，我们并不想接待你们。"仆人的声音很不耐烦。

"这好办，我们也懒得再等下去了。麻烦你把这张纸条转交给你的女主人。"

福尔摩斯不慌不忙地在笔记簿上写了几个字，撕下来递给了那个仆人。

"写了什么东西？"我好奇地问。

"字数不多，就是'那么交警察处理好吗？'等着吧，那个仆人会恭敬地请我们进门的。"

福尔摩斯预料的结果非常准确。很快，那个仆人代表他的女主人来请我们到会客大厅见面。我们来到了一间非常宽大的客厅里，摆设十分精美，灯光是粉红色的，整个房间显得朦朦胧胧，有一种忧伤的气氛。我想这位女主人一定是年纪大了，要知道，只有到了这个年龄的女人，就算她是最美丽的女人也会喜欢这种忧伤、遮遮掩掩的光线。她果然很美丽，我们刚一进屋，她的目光就直射向了我们。

"你们太自不量力了，我不想看到你们。你们写这张可笑的纸条是什么意思？"

"夫人，那还用我们再解释吗，你的智力令我们叹服。这是你以前的智力表现，但现在你的智力状况十分令人担忧。"

"从哪方面可以看得出来，先生？"

"你太自以为是了，你天真地以为派一个傻里傻气的打手就可以吓唬住我，你以为我不敢再调查这件事情了。恰恰相反，就是因为你这样明目张胆地威胁我，所以我才会全力以赴地去调查这件案子。"

"你刚才说什么来着，你别血口喷人，我跟那些傻里傻气的打手有什么关系？"

福尔摩斯斜视了她一眼，转身就要走。

"没错，正如我所说的那样，你的智力状况现在实在令人担忧。也许只有警察才能和你交谈得下去。"

"别走！你是不是要去报警？"

"你的智力怎么突然又恢复了？"

我们正要走，这时她已经从后面追了上来，一手挽住了福尔摩斯的胳膊，她变得老实多了。

"很抱歉，我对你们俩真是失礼，来，请坐吧，我们看来还是挺有缘的，我们不妨心灵不设防地谈谈。福尔摩斯先生，我很欣赏你的直爽，我想我们会成为朋友的。"

"夫人，至于成为朋友的事，我想这似乎有点难为我。我从事的职业决定了我不会包庇任何邪恶的势力，我乐意先听听你的说话内容，我们只能一步一步地来。定罪判刑的事情不是我的职业工作范围。"

"很遗憾，我必须向你道歉，迪科希这个傻瓜确实不应该冲撞你，福尔摩斯，为这件事情，我内心将会不安宁的。"

"夫人，你智力后退、减弱的地方，就是让一些只会敲诈、反复无常的歹徒知道了你的真实身份。"

"不是这样的，我的安排只有巴内和他的妻子苏莎知道，其他人都是听巴内夫妇的。"她自以为是地笑了笑，样子令我们作呕。

"我知道了，他们在你的手下早就充当过这种角色。"

"他们是不会出声的看家狗。"

"有些看家狗并不像你想象的那样，他们的嘴巴是用来咬人的，包括主人在内，他们也敢咬。他们现在被警察盯上了，情况似乎不妙。"福尔摩斯说。

"这件事情他们会让我满意的，我决不会出现在处理他们这件事情的身边。"她很自信。

"那么我叫你露面呢？"福尔摩斯毫不客气地揭露她的虚伪。

"我知道你不会这样做的。"她皮笑肉不笑地说了一句。

"这好办，你先把那部手稿给我。"福尔摩斯伸出了手。

她哈哈地笑了几声，笑声中夹杂着几丝得意。她迈着愉快的步伐走向了正在燃烧的壁炉。我们看到她用火棒撩起了一堆烧得模糊的东西。

"你是需要这东西吗？"她笑得非常无赖，也笑得十分的挑衅，这个女人果然不容易对付，但是福尔摩斯仍然是不动声色。

"你刚才的动作，在你的眼里可能是向我们挑衅的开始，但在我的眼里就是我对你审视的结束。你会为你刚才的动作付出沉重代价的。"

听完福尔摩斯这一席话，她猛地把那根火棒扔在了地上。

"我所掌握的资料已经能够生动地把这件事情描述出来了。"

"但是你有没有为我着想过，福尔摩斯先生。一个弱女子的心情你能够理解、你能够体会到吗？这是关于我一生幸福的事情，我不会视之不见的，我难道不应该做出保护防范措施吗？"

她低泣了起来。

但并不影响福尔摩斯对她的态度，他说："罪孽的源头是因你而起的。"

"嗯，这一点我不否认。道格拉斯·迈波利原来是一个很优秀的小伙子，但他硬是要违背我的意愿，这就令我很伤心了。他天真的要和我结婚，上帝！这根本不现实。我不会去跟一个比我还穷的男人结婚，他太没有自知之明了，他也不好好想想自己的身份。他的地位、他的金钱，他根本就没为我着想，他只顾着他自己。所以，他这么顽固不化，我必须让他少幻想一些不切实际的事物。"

"于是你就雇用打手在你的窗前殴打他，让他面对现实，少幻想。"

"你知道得比我还清楚。巴内和他的手下把他轰了出去，我一直为这件暴力事情感到内疚。但是他后来所做的事情不得不让我替他伤心了。我万万没有想到他竟然把我们曾经在一起的时光用写作的方式再次重现出来。他把我写成了魔鬼，而他自己却是善良的人。他写得很详细，全部都写了上去，虽然他用的是假名，但只要在伦敦生活过的人都知道主人公的原形是谁。到了这个地步我必须采取必要的行动。他根本就没顾及我的感受，他也的确没有为我着想。他竟然给我寄来了他的复写本，他的手稿留给了他的出版商，他这不是存心要折磨我脆弱的内心吗？"

福尔摩斯问她："你是怎么知道出版商还没有收到他的稿子的？"

"他的情况我十分了解，他的出版商是谁我也知道。他写了不少的小说，我发现了他那个出版商一直都没有收到来自意大利的信。不久，就从意大利传来了道格拉斯病逝的消息。我确信他的手稿还在这个世界上存在着，于是我的内心又不安宁了起来，那卷手稿是放在他的遗物中，而遗物肯定会交给他的母亲迈波利太太。接着，我就派出了巴内的妻子苏莎去迈波利太太家充当仆人，做卧底。我本想用光明正大的手段处理这件事情，事实上我也这么做了。我想出高价买下三角墙山庄以及山庄里所有的东西。但是后来迈波利太太突然变卦又不同意卖了，我不得不叫人去偷出来，这也是出于无奈啊！"

福尔摩斯说道："到了这个地步，我也只能将心比心了，这件事情就这样结束吧！我想问你最后一个问题：快快乐乐环游全世界要花多少钱？"

伊莎朵拉·格莱茵不知道福尔摩斯又在玩什么花样，她显得不知所措。

"10000英镑够不够？"

"差不多吧！"

"很好。你马上签一张10000英镑的支票给我，我立刻送给中年丧子的迈波利太太。我想你不会反对为她老人家做出一点道德补偿吧！她应该出去散散心了。还有，伊莎朵拉小姐！"福尔摩斯指着她的眼睛，劝告她，"你千万要谨慎，凡事都要三思而后行，违背道德良心的昧心事不要再做了，要知道玩刀子的手，迟早都会被刀子玩儿伤的。"

三个同姓人

我们接手的这件事可以说为喜剧，也不妨说是悲剧，因为这件事有一个人精神出现了毛病，我也受了伤，与此案有关的另外一个人受到了法律制裁。不过这里面确实有些方面很好笑，就让我们读者自己来评判吧！

我非常清楚地记得那天福尔摩斯拒绝授予他爵士封号，因为他立了很多功，所以要给他授爵，关于他的功勋我有一天会写的，至于给福尔摩斯授爵我是顺便说说。我既是他的伙伴，也是他的知心朋友，所以，凡事应谨慎，避免不必要的麻烦，不过，我还要再说一遍。

记住那天是因为这件事，就在1902年6月末，此时南非战争才结束不久。福尔摩斯又一连躺了几天，以往也这样，这是他的习惯。不过那天一大早他就起来了，他灰色的眼睛里有一丝笑意，并且手中还有一个大的案件。

"现在有个好机会让你发财，华生兄。"他说，"你有没有听说过加里德布这个姓氏？"

我说："没有听过。"

"假如你能碰到一个姓加里德布的人，你就有钱可赚了。"

"这怎么说呢？"

"这事有些奇怪。在我们对人类的研究中，还从来没有见到类似这样的事。这个人很快就要和我们见面了，因此，等他来了再告诉你，现在我需要查查这个姓氏。"

我旁边的桌子上有一本电话簿，我翻开电话簿找了起来，我没有抱任何的希望。不过，让我非常意外的是在该出现的位置真有这个名字，我立刻兴奋起来。

"福尔摩斯！你看，在这里！"

我把电话簿递给他。

他念到："'N.加里德布'，'西区小赖特街136号'。华生，真抱歉，这次可让你失望了，他不是信上要找的那个人，我们得再找另一个加里德布。"

就在这时，哈迪森太太送来一张名片，我接过看了一下。

"噢，在这儿！"我叫道，"这个和刚才的那个首写字母不一样，叫约翰·加里德布，是律师，在美国堪萨斯州穆尔维尔。"

福尔摩斯接过名片一看，笑着说："华生呀，这个不行，我还需要另一个人，这样才能使我心中有数，但是我却没料到他今天早晨来，不过他倒可以告诉我们一些事。"

不久，那个做律师的约翰·加里德布进了屋，他个子不高，却很结实。像很多美国人一样，他长着圆脸，胡子刮得很干净，精神很好。看起来，这个人像一个聪明友善的年轻人，胖乎乎的，引人注意的是那双能够深刻地反映自己心里想什么的眼睛，这双眼睛很亮，很敏锐，似乎能洞察一切。他说话仍有美国口音。

"请问，福尔摩斯先生是哪位？"他上下地打量着我们俩。

"请原谅，福尔摩斯先生，你和你本人的照片一模一样，我想，您手上已经有一封'兰森·加里德布'，与我同姓的人的信了，对吗？"

"请坐，我想我们讨论一些很有必要的问题，相信你就是信中说到的约翰·加里德布了，我想你到英国很长时间了吧？"

"您说的是什么意思，先生？"我看到他眼睛里有了一些猜疑。

"您所穿的衣服都是证明您身份的。"

加里德布先生不自然地笑了："我以前读过关于您的侦破方面的书。可是，我无论如何也没有想到，我会成为您的破案对象。您是怎么知道的呢？"

"您看您大衣肩的式样，还有您靴子的头部，关于这些有谁会怀疑您不是英国人呢？"

"对呀，我没有意识到自己的打扮这么符合英国人的样子。不久前，我因为工作需要来到英国，就像您说的，我的穿着打扮很接近伦敦人的习惯，不过我觉得你的宝贵时间不应该和我谈论关于服装的问题，我看我们还是说说你收到的那封信吧！"。

他胖胖的脸因为福尔摩斯的猜测而显得不太高兴。

"加里德布先生，您不要着急！您可以问问华生医生，我对于这些小的细节很在意，它对于破案有帮助。那么，您怎么没有和兰森·加里德布一起来呢？"

"不知什么原因他要让您参与这件事！"他顿时很生气，"您和这事有什么关系呀？这是两个绅士之间因为生意而出的事情，可另一个却要找侦探！我在今天早上看到他了，他才告诉我他做的傻事，因此我就一早来拜访您了，真是恼人！"

"他不是对您有意见，加里德布先生。他只想帮你实现你的愿望，我认为这个愿望你们二位都很看重，他因为知道我可以获取消息，因此就来找我了。

此时，约翰的脸色才平缓下来。

"要是这样，就有所区别了。"他说，"早晨，我见到他，他说他找了一个侦探，于是我就到您这儿来了，我不想有警察管我们的私事，不过你如果高兴帮助我们也不错。"

"确实如此。"福尔摩斯说，"我的朋友对于这件事不太熟悉，你正好来了，就请你谈谈情况吧！

加里德布先生用不太友善的目光从头到脚看了我一遍。

"你认为有必要让他知道吗？"他问道。

"我们是合作伙伴。"

"好吧，我就不再保密了。我把这件事简单叙述给你们听：假如你们是堪萨斯人，我想我就不用解释亚力山大·哈里尔顿·加里德布这个人了。他是靠搞房地产发的财，后来在芝加哥做小麦生意赚了钱，于是他用这笔钱在道旗堡的西边，沿着阿肯色河买了一片土地，这块地至少有你们一个国家那么大，里面有牧场、林场、矿区和田地，而且各项收入都很大。

"他没有亲戚、朋友，孤身一人，但他却以自己的姓氏为自豪，因为这点我们才相识。我在托皮卡从事法律方面工作，这个老头突然有一天来找我，要和我认个同姓的朋友。他有个想法，就是想知道世界上还有没有姓加里德布的。'请你再找个加里德布！'他说。

"我说：'我每天也是个不闲着的人，哪里有时间毫无目的地帮你找人。'

"他说：'要是一切顺利，按计划行事，你会找的。'

"我想他一定在说着玩，但没多久我就知道他是认真的。不到一年他死了，并且留了一份遗嘱，这份遗嘱可以说是堪萨斯州最离奇的一份，他将自己的财产一分为三，假如我能再找两个加里德布，那么我就可以得到其中一份，剩下的两份则由另外那两个加里德布平分，三份遗产各500万美元，但必须三个加里德布同时到来，不然的话谁也不能得到这份遗产。

"这个机会很难得，我干脆将法律事务所的工作辞掉，去寻找加里德布。我把美国的大街小巷都仔细查寻了一遍，但没有找到一个。于是我想到了英国，这个古老的国家或许会有，我就在电话簿上找，果然找到了这个姓氏。在两天前，我就找到了兰森，并将整个情况说给他听，我们同样是单身，没有男性的亲戚，只有女性的，但遗嘱里规定必须是三个成年男子，这样，我们就缺一个加里德布，你如果能帮忙找另一个，我们会给您酬劳的。"

"华生，你看，我告诉你这件事很奇怪对吧？但是我想，在报纸上登寻人启事，也许会有些发现。"

"我已登了报，但无人与我联系。"

"哎，这真是个奇怪的事。这样吧，我会帮你注意的。噢！还真凑巧，你是托皮卡人是吗？我曾有个笔友，他现在已去世了，他名叫莱萨德·斯塔尔，是个博士，在1890年曾任托皮卡市的市长。"

"噢，你说的是老博士斯塔尔？"这个客人说，"我们那里的人至今一提到他都还很尊敬。好了，福尔摩斯先生，我想我该说的都说了，我会在一两天内给你消息的。"他说完后便鞠躬走了。

福尔摩斯将烟斗点着了，坐了半天，脸上有一种让人读不懂的微笑。

我终于还是问他："有什么不对的地方吗？"

"是的，华生，我认为很奇怪！"

"有什么地方奇怪呢？"

福尔摩斯从嘴里拿出烟斗。

"华生，我不明白，这个人要编这么多谎话做什么呢？我刚才真想向他问清楚，我想，最有效的办法就是单刀直入，采取主动，不过我还是想让他承认自己骗了我们。他穿的那件破旧的衣服肘也磨破了，膝部也不是原样了，但是信上和他自己都说没到过英国。况且他也并没有登寻人启示，我从不漏掉这些东西，你了解的这些是给我提供信息最好的地方，像他说的我又不会错过。再有，我根本不知道托皮卡这个市的莱萨德·斯塔尔博士。

"这一切都证明他在撒谎，他处处露出破绽，我想他一定是美国人，只是并没改口音，他到底想干什么呢？他用心良苦地假装找加里德布又是为什么呢？我们应该注意一下，假如他是个无恶不作的坏人，那他一定很有计谋，而且毒辣，所以我们一定得查清。那个加里德布是真是假，给他打个电话就知道了。"

我将电话拨通了，那头传来了细微的说话声："我是兰森·加里德布，我能和福尔摩斯先生说几句话吗？"

福尔摩斯拿过话筒，听着他的话并不时发问。

"是的，他到过这里，我其实并不认识他，这您知道。是，确实这是一件吸引人的事。今天晚上你有事要外出吗？那么与您同姓的先生会在您家吗？好吧，我希望和您面谈，但最好他不在场，我和华生医生会在6时左右到，我从信中能体会到你生活很简朴，外出并不多，我想，请您不要告诉那位律师这件事。好，再见！"

晚春的黄昏是可爱和美丽的，在夕阳的照耀下，并不大的莱德街很美，艾奇维尔路有许多岔道，这是很小的一条，离我们认为是不祥之地的老泰波恩并不远。古老的齐治式房子是我们去的目的地。房子又老又大，正面是砖墙，我们的委托人就住在有两扇较大凸窗的一层。我们经过一个古老怪气的姓氏门牌时，福尔摩斯告诉我："这里钉的这个牌子已有很多年了，已经褪色了，但至少他能证明那人的真正姓名。"

一个共用的楼梯供整个房子的人出入，一些住户的名字被写在大厅，看来既有办公室也有卧室，但并不是家庭居所，只是些无规律的单身汉住地。我们敲开门，是委托人开的门，他说女佣已在4时走了。

这个兰森·加里德布年纪约60岁多点，很高、很瘦，看起来还有点驼背、他的脸色十分苍白，就像从不参加运动一样。此时的他一脸很好奇的样子，因为他戴着圆眼镜，留着山羊胡子，给我们的感觉很怪，不过还算和蔼吧！

房间很古怪，像它的主人一样。房间像个很小的博物馆，很大也很高，周围放的全是各式柜橱，里面有地质学和解剖学标本，在房门两侧有许多匣子，里面是蝴蝶和蛾子。

有一张非常大的桌子放在屋子中间，上面堆满了东西，在这些东西中间有个很大的铜制显微镜，我被他广泛的兴趣而震撼了。在往四周一看，只见屋里堆着一箱古币，还放有一柜子古代石器，一柜子的化石放在大桌子后面，在柜子上面有一排刻着字的颅骨，上面刻着"尼安德特人、海德堡人、克罗马农人"等字样。

看得出他对各个学科都有研究，现在他正在我们面前一边用右手拿羚羊皮擦古币，一边说："这是全盛时期的古钱，叫锡拉丘兹古币，到了末期就退化了。尽管有的人说亚历山大时期的古币不错，很好，但我想这些才是最好的。福尔摩斯先生，请让我把骨文放到椅子上，请您帮我拿开那个日本花瓶。因为我有许多爱好，以至于我的医生总是怪我，叫我到外面多走，但是屋里有这么多东西吸引着我，我出去干什么呢？如果要给柜橱弄一个详细具体的目录清单，我得需要3个月的时间。"

因为好奇，福尔摩斯向四周望了望。

"因为我身体不太好，还要用大量时间研究，所以我只是偶尔开车去索斯比商店或克里斯商店，除此之外，我多数不出门。福尔摩斯先生，你知道吗，当我知道这件一辈子也遇不到的好事时，我是多么兴奋，真是太好了，只要能再找一个加里德布就可以了，我们一定能找到的。我原来有个兄弟，很不幸他死了，女的加里德布又不行，我想一定会有其他的人。因为我听说您很有处理怪案的经验，所以我就写了信给你，不过我应该事先看看他怎么想，毕竟他也是好意，我也想尽快解决这件事。"

"我觉得您这样做就对了。"福尔摩斯说，"那么您是不是很需要马上得到遗产呢？"

"无论任何事都不能让我停止工作，只是那位先生说，等事情一妥他会将我的地产都买下来，还有500万美元，我需要几百英镑买10多种目前市场上卖的标本。哎，我要是有了500万美元就能够解决了，告诉您吧！我这些东西已经能作为一个博物馆来展览，或许有那么一天我会像哈斯·斯隆一样。"

我看见眼镜后一双眼睛在炯炯发光，看得出，这个加里德布会竭尽全力地去找另一个加里德布。

"我们今天只是想和你见个面，并不是想打扰你工作。"福尔摩斯说，"我很高兴与我的当事人来往，现在我因为有了您的那封内容详细的信，还有那个美国人也作了解释，让我的疑问都有了答案。我想，您在以前，准确点说应是这个星期之前，您不认识他，对吗？”

"噢，对！他是在上个周二来我这儿的。"

"他告诉您我们早晨见面的事了吗？"

"没错，他来这之前是从您那儿出来的，开始他有些生气。"

"他气什么呢？"

"他觉得这样对他人格有损，不过他后来又很高兴。"

"他没有什么计划吗？"

"没有，先生！"

"他有没有提过钱的事，比如借钱？"

"不，从来没有！"

"您不觉得他有什么企图吗？"

"他只说了这一件事情，其他倒没有。"

"您告诉他我们要见面的事了吗？"

"的确，我和他说了。"

福尔摩斯沉思起来，他有点不理解。

"您收藏了很多值钱的收藏品吗？"

"没有，我并没有收藏，我是个穷人。虽然我这里有很多不错的东西，但却不值钱。"

"您不怕别人偷吗？"

"不怕。"

"在这幢房子里，您住多久了？"

"有5年之久了吧！"

正在这时，很响很急的敲门声把他们的谈话打断了，我的委托人把门一开，那个美国佬就兴高采烈地跑了进来。

"找到了！"他大叫着，手里举着一张报纸，"兰森·加里德布先生，告诉您一个好消息，您发财了，我们的事有眉目了。福尔摩斯先生，很感谢您的帮助，但现在看来就不用麻烦您了。"

他把那张报纸给了我的委托人，他瞪大眼睛仔细看那广告，我和福尔摩斯也走到近前看那广告，上面写着：

霍华德·加里德布

农机制造商

经营捆轧机、收割机、蒸气犁及手犁、播种机、松土机、农用手推车，装有弹簧座椅的四轮马车以及其他各种设备，兼为自流井工程估价。

咨询地址：阿施顿·格洛斯温洛建筑区

"噢！太好了！"主人高兴地说，"三个人都齐了，就可以办事了。"

"我在波明翰有个代理人，是他把这份报纸给我寄来的，我们必须尽快把这事办妥。我已写了信给那个人，告诉他明天下午4时您会去他的办公室和他见面。"

"你叫我去见他吗？"

"福尔摩斯先生，您觉得怎样呢？您说我这样安排对吗？试想一下，如果我去告诉他这件事，他会相信我吗？但兰森去就不同了。您有背景而且年龄又大一些，不过您如果需要我陪您一块去，我会很高兴的。但是我明天会有很多事要做，如果需要我帮助，我们立即赶到。"

"噢，我已有好多年没有……"

"不要紧的，加里德布先生，我已替您安排了行程，明天您12时走，下午2时就能到了，您和那个人见面后将事情说明，再弄个法律公告证明有这个人就行了，当晚就可以回来的。"他大有感慨地说，"我从美国大老远来这儿，而您只需乘车100多英里就行了，这算得了什么呢？是吧？"

"的确，我认为他说得没错。"福尔摩斯说。

"好吧！如果您希望我去，那我就去一趟，如果不是您，我怎么会有如此好的机会得到那么多遗产呢！所以，我不能拒绝您的请求。"兰森·加里德布说。

"好，那就这样了，还请您快些告诉我详情。"福尔摩斯说。

"我会通知您的。"他看了一下表又说，"我还有事，得走了。兰森先生，明天上午我会送您去波明翰。您走吗，先生们？那我先走了，明天晚上会有好消息告诉您的。"那个美国人说。

当他离开这个屋子时，福尔摩斯立刻变得精神开朗起来。

"我能看看您的这些宝贝吗？"他说，"我们这个职业要应用广泛的知识，您这里就像一座知识城堡。"

兰森听了以后很高兴，那双眼睛又变得炯炯有神了。

"我很久以前就听说你很有能力，知识渊博，我很高兴带您看看，假如您有时间。"

"对不起，我现在没时间。我看您那些物品都分了类，我想，如果您不讲解也没问题，我明天来，不会有什么问题吧？"

"没有，没有，欢迎您来，不过明天我不在。但你可以在4时前找萨德尔太太，让她带您进来，她有钥匙。"

"好的，正好明天下午我才有空。不过您如果跟萨德尔太太说一声，那就更好了。还有，您的房产经纪人是哪一位呢？"

这个问题问得很突然，让兰森很是疑惑。

"埃奇沃路的霍洛威·斯迪尔经纪商。但是您问这个有什么事吗？"

"我也很喜欢考古，尤其是对于建筑。"福尔摩斯笑着大声说，"我一直在考虑这是什么时代的房子，是安妮女王时代的还是乔治王朝的呢？"

"我确定是乔治王朝的。"

"哦，是这样。我觉得会比这早些，这个也好办。就这样，加里德布先生，再会，祝您去波明翰一路顺利，愉快返回。"

兰森说的那个经纪商就在附近办公，但我们去时，他已经关门了。没办法，我们就回了贝克街。饭后，福尔摩斯又和我讲了这件事。

"看来这事要有结果了，"他说，"你已心中有数了吧？"

"抱歉，我还没有思路呢！"

"事情已有眉目了，不过还要等到明天才能有结果，你发现那个广告有什么异常吗？"

"那个'犁'字似乎拼错了。"

"哦，华生你进步了，也注意到了。排字的工人是按原稿弄的，另外'装弹簧座椅的四轮马车'是在美国常见的，而且美国自流井相对英国来讲要普遍得多，这就说明是个美国的广告，而又为什么称是英国的广告公司呢？你说说看？"

"我想这是那个美国人自己做的广告，不过我不清楚他为什么这么做呢？"

"没错，还有很多种解释，但无论如何，事情明摆着，美国佬就是想让兰森去波明翰，我很想阻止他去，否则他只会白跑一趟。不过我又一想，让他出去转转也好，好腾出地方。华生，明天一定会有结果的。"

清早，福尔摩斯就外出了，中午他神色凝重地回来了。

"华生，这件事要比我想象的还严重，我说了以后你一定会和我去冒险，不过我得事先告诉你，这次行动真的非常危险。"

"福尔摩斯，我和你不只冒一次险了，我希望这不是最后一次。不过，到底有什么危险呢？"

"我们真正遇到对手了，上午我将约翰·加里德布律师的真实身份查出来了，他就是恐怖的'杀手'伊万斯，他残暴而又聪明，以谋杀而出名。"

"但是我仍然有些不明白。"

"对呀，因为你的职业用不着背'新门监狱'的大事记，也不用知道。我上午去了老朋友勒斯崔德那里，他在伦敦警察署，那里的人从某种程度上讲缺乏想象，但他们办事却很有条理，很全面。我想能在他们那档案里找到些线索，果然在犯罪人员的照片中我发现了那个美国人的圆脸，姓名在照片下写着，詹姆斯·温特，又叫默尔科罗伯特，外号'杀手伊万斯，'"然后福尔摩斯从他衣兜中拿出一个信封，"这是他的资料，我从档案中摘抄的。"

我拿过来一看，上面写着：男，44岁，芝加哥人，曾因枪杀3人而在美国轰动一时。后通过关系离开了监狱，于1893年来了伦敦。1895年1月枪杀一人，是在滑铁卢的夜总会因赌牌而与对方发生争执杀死对方的，是对方先动手的，死者是芝加哥出了名的伪钞制造者，叫洛杰·波莱斯考特。1901年被释放，但警方一直对他进行监视。目前，仍无不良行为，此人较为危险，常带武器，并且很好与人动手。华生，我们的对手不简单，穷凶极恶呀！"

"他到底要做什么呢？"

"噢！不要急，很快就要有结果了。另外，我还去了兰森的房产经纪人那里，他说兰森在那儿住5年了。之前，房子曾有一年没租出去，前一位住的人是无业的男人，叫契尔德·伦，他的长相别人还很清楚地记得，不过那人莫名其妙地不见了，也没有了消息。

"他长得很高，留着胡子，皮肤很黑，而被"杀手伊万斯"枪杀的那个人叫波莱斯考特。据伦敦警察厅的人说个子也很高，也有胡子并且面色很黑。我们如果这样想，你看对不对？假设被杀的那个人是波莱斯考特，就住在兰森现在居住的屋子里，也就是经纪人所讲的那个人，这样，我们就会有线索了。"

"然后呢？"

"然后我们马上就把这事搞个水落石出。"

于是他从柜子里拿出一支手枪给我。

"我们应该有所防备，毕竟对手是一个阴险狡猾的杀手，我身上也带支手枪，是我最喜欢的那支。你休息一小时，我们再去莱德街冒险吧！"

在4时，我们正好到了这个古老而又神秘的宅子，女仆萨德尔太太就要走了，看到我们没有盘问就让我们进去了。这个门装的是带弹簧的那种锁，她临走时将门锁好，从凸窗前走出去，这下整个房子一层就剩下我和福尔摩斯了。他很快看了一遍现场，一个没有靠墙的柜子放在黑暗的角落，我们两个就在柜子后面隐藏起来。接着福尔摩斯悄声向我讲述了一遍他的想法。

"看来，他是要让这个容易受骗的收藏家离开这儿，但兰森又不出门，所以让他大费周折。为了达到目的才编了那个加里德布的故事，华生，我认为这个人让'加里德布'的姓氏给兰森带来这么奇怪的事，证明这个人的确很聪明，而且阴险，我肯定这一点。"

"那么他究竟要做什么呢？"

"我们来这就是要查清这件事的究竟。据我了解分析，这事与兰森并无瓜葛，却与被杀的那个波莱斯考特有联系，他们俩或许是同伙，这个屋子一定有不可告人的秘密。开始，我想或许是兰森收藏品中有些值钱的东西让那'杀手'感兴趣，但是当知道那个印假钞的在这里住过，我就不这么认为了。噢！下面就让我们耐心地等待吧！"

一个小时很快就过去了，这时我们听到了一种声音，像是开关大门，我们就又往里动了动。紧随其后发出了金属钥匙开门的声音，接着那个美国佬蹑手蹑脚地进了屋子。他将门轻轻关上，很机敏地向屋子四周看了看，看没有其他情况后就把外套脱下来了，直接向那个放在屋子中央的桌子快速走去。他步履很快，似乎大有把握一样，他将桌子向一边一推，卷起地板上的方地毯，又从他内兜拿出一根小铁棍，跪下来用力地撬地板。

不一会儿就传来了木板滑动的响声，一个小方洞显露出来了，然后"杀手"用火柴点着了一支蜡烛，接下来我们就看不见了。我们意识到机会来了，福尔摩斯碰了我手腕两下，示意我行动。于是，我们用最轻的脚步向那个小方洞轻手轻脚地走去，尽管我们走得又慢又轻，但脚下那早已破旧的地板还是发出了"嘎吱嘎吱"的响声。

突然，黑洞中探出了美国佬的头，目光警惕的扫视着。当他看见我们时，双眼的愤怒马上消失，脸上迅速堆满了笑容，因为他已感觉到有两支手枪对着他的脑袋。

"好，不错！"他从下面爬了上来并用平静的语调说，"我知道你很聪明，很有办法。先生，我现在才知道原来你早就知道了我的预谋，却让我像傻子一样演戏，很好，你赢了，我服了。"

刹那间，他迅速将手枪从胸前掏出并放了两枪，我立刻感到大腿像被烧红的烙铁烙了一下，有一种强烈的灼烧感。"咔嚓"，福尔摩斯的手枪已用力砸在他的头上，他被打倒在地，趴在那里，满脸是血。福尔摩斯拿起他的枪，然后，我被福尔摩斯用他又瘦又长但却结实有力的臂膀扶到了一把椅子上坐下来。

"你有没有受伤，华生？天哪，上帝保佑你别受伤。"

从一贯严肃而又冷漠的脸上，我感觉到了无限的关爱和深深的担心，今天才受一次伤，就是多受几次也行，我看到那向来坚强而又有光彩的眼睛湿润了，嘴唇因为着急也在抖动。只有这次才让我真正感觉到他不仅仅聪明绝顶，而且还有一颗仁慈善良的心，无愧于我多年来对他的帮助和支持，这一点就足够了。

"没事，福尔摩斯，只是皮外伤。"

他将我的裤管用小刀割开。

"噢，太好了，"他轻松了许多，"只是擦破皮。"他将目光转到了被俘的"杀手"身上，那俘虏不知所措，紧张得不得了。

"你今天要是害死了华生，就休想活着离开这儿。你有什么好说的吗？"

那个"杀手"此时无言以对，只有满面愁容地坐在原地。我在福尔摩斯的搀扶下向那小黑洞走去，因为那个小烛头还在点着，所以能看清里面。只见里面乱七八糟，有许多瓶子，一些早已长了锈的机器，很多废纸，另外，一张不大的桌子上整齐地摆放着许多小包，看上去很干净。

福尔摩斯说："噢，原来是一部制造假币的印刷设备。"

"没错，先生。""杀手"一边说一边向椅子那边走，并坐下，"它的确是伦敦最好的伪钞制作机器，这是波莱斯考特的东西，这小包里装的是每张100英镑的伪钞，大约2000张，每个地方都能用，没有人能分辨出来。我们做笔买卖如何，你们随便拿多少都行，只要放了我。"

福尔摩斯大声地笑了起来。

"先生，我们向来不那么做，像你这种人不会有地方藏匿的，是你把波莱斯考特杀了吧？"

"不错，先生，因为这个我坐了5年牢，尽管是他先动的手。我能在这5年得一个最大的奖章，波莱斯考特制造的假币与伦敦银行生产的钱没有人能区分开来，如果不是我，那些假币早已在伦敦上市了。我呢？是唯一知道他的生产假钞地在哪儿。你想想，这样我来这儿就不足为奇了！但是当我发现，这个收藏家在这个屋子待着不出门时，我就只好利用他古怪的姓氏来让他离开。我当时真应该杀了他，这对于我很容易，但我不会杀没有武器的人。福尔摩斯先生，你看，我什么都没做，既没拿机器，也没杀那个兰森，我会有罪吗？"

"要让我说你就是蓄意谋杀，但我管不着，我现在主要就是将你缉拿。华生，给早有准备的伦敦警察署打电话，让他们过来。"

这个故事就是由"杀手伊万斯"引出的三个加里德布的离奇故事。后来有人说，兰森因为期望太高而失望太大，所以精神出了问题，被人送到了布利斯克顿疗养院。

那套制作假钞的机器被查出来后，伦敦警察署特别激动。虽然他们了解到有这样一台机器，但自从波莱斯考特死了，就没有办法将它找着了，这个"杀手伊万斯"真是立了大功，几个负责破这个案的人终于能放下心来了，毕竟制作假钞者是大家的公敌。这几个人真是想为"杀手"去争取那个大奖章，无奈法庭是不会允许的，没办法，"杀手伊万斯"又进了他出来不久的监狱里去了。

雷森桥之谜

我有一个锡质的文件箱，上面有我的名字——约翰·华生，医学博士。因为常年使用，文件箱变得很破旧了，那些字是在印度部队时刻上去的。

我将它放在了考立大街的高科视公司的银行保管库，只是为了安全些，因为里面是福尔摩斯所办案件的记实录。那都是些无头案，所以不能告诉大家。

这些案子让侦破专家很感兴趣，但是大多数人都不觉得有什么意思了，就像毫无激情的逻辑教学，就好像一位著名的记者突然有一天像脑子短路一样，每天都对着一个非常普通的火柴盒失神，里面其实是一只不常见的虫子；另外还有阿丽斯雅的汽艇无缘无故在一团雾中不见了，并再无消息；那个回家取伞的詹姆斯·科里木也同样消失得无影无踪。

当然，还有无论如何也不能外传的家族秘密。不然，每天睡不好、吃不下的不是别人而是那些有身份的达官贵族和有钱的富婆。我向来不做这样的事。现在我的朋友又在研究这些无头案，我和他一块将这些存放已久的文件拿出来翻阅，其中有很多案例一定能让大家感兴趣，有些可以公开，但那样会让我所崇敬的人名誉扫地，因此不能那样做。这些案件根据参与的程度不同，或主观评说或客观讲述，我要说的事情的确是我亲眼所见。

早晨，法国梧桐树的叶子被大风全都吹掉了，树看起来很萧索孤单。我从楼上下来时，看见福尔摩斯精神焕发得难以自制似的，我很饿了，他却快吃完早饭了。

"怎么，又是什么事让你如此激动呢？"我说。

"你好像得了传染病一样，学会用我的方法来研究我了。"

"你说对了，忍受了这么长时间的无聊和滞留，我们又得往前走了。要我和你一起去吗？"

"当然了，咱们俩需要研究研究。你先吃早饭，新来的厨师把鸡蛋煮得很老，看来他应该花些时间了解一下煮蛋的知识。"

我用了10多分钟吃早饭，然后，我们面对面坐下，他给了我一封信。

"有一个特别有名的金矿大王叫'奈尔·吉普森'，你知道吗？"他问。

"就是那个做参议员的美国人吗？"

"是的，过去曾是，他是作为世界上最具规模的金矿的所有人而闻名于世。"

"我也听说了，他曾在这里住过一段时间，很多人都知道他。"

"是的，他已经在哈普郡的农庄里住了5年了，他太太死了的事你知道多少？"

"噢，知道一点，这件事让他很令人关注。"

"我没想到他来找我，我手上的材料不全。"他示意我看一大叠纸，"很多人关注这个案子，案情也很清楚，被告尽管招人喜欢，但证据事实俱在，警察、法庭和验尸官等都这样认为。这个案件很不好查，已经由温特斯托巡回法庭办理，不过凭我的感觉，我认为还有一些问题存在，但没有让人信服的事实证明，这样，我的当事人就没有什么希望获胜。"

"你的当事人是谁？"

"哎呀！你那个不符合逻辑的讲述方式也感染了我，我竟然忘了告诉你！"

他给我一封信，上面字体苍劲有力，写着：

可拉里奇饭店 10月2日

福尔摩斯先生：

我真的不知道怎样来描述我此时的心情，我只是想说德拉小姐是被冤枉的，所有的人都知道这事，我知道德拉小姐是天下最好的女人，就连小蚂蚁都曾不伤害，可是没人相信我的话，一想到她就要被判死刑，我就受不了。

我会在明天11时去你那儿，真希望你能帮助我，只要让她平安无事，我会不惜一切代价感谢你，甚至包括我的生命，请求上帝替我们保佑德拉吧！

奈尔·吉普森呈

"我在等奈尔·吉普森，"福尔摩斯将抽完的一斗烟倒掉，接着将烟斗装满烟丝，"短时间内我不可能将案件的具体情况告诉你，有关这案子的报纸很多，我想用严密地逻辑给你分析一下，我知道他是个世界级的富翁，同时他残酷凶狠。他有一个年纪偏大的妻子，家中年轻漂亮的女教师使她的位置受到了威胁，她很让人同情。

"我所说的事就在这个深宅大院发生的，这里曾是英国的文化中心。事情是这样的：在离家约半英里的园子里，女主人穿着晚礼服，身披披肩，头上中了一枪，倒在那儿。华生，当时死者旁边没有武器，没有什么迹象证明是谋杀。在夜晚11时左右，守林员发现了这具尸体，警察和医生都到了现场，而且也做了各种记录及尸检，就这些，你了解了多少呢？"

"我很清楚，但女教师又如何成了被怀疑的对象呢？"

"有很确凿的物证说明她是杀人者，从她衣橱的底板下发现了枪杀女主人的手枪。"

福尔摩斯此时严肃地看着我说："就在衣橱的底板下发现的。"

然后又陷入沉思，我没有出声影响他，他活跃起来的大脑一定有灵感。不一会儿，他像是猛然醒悟了一样说："没错，手枪被找到了，这样就有证据了。另外，还有一张署名女教师的字条在死者手中，内容是约死者见面，那么这样真正的罪犯就有机可乘。普吉森很有想象力，将他的太太除掉，那个很受吉普森喜欢的女教师不就很自然地成了房子的女主人了吗？真是狠毒，爱情、金钱，名利双收。

"你说得对，福尔摩斯。"

"让人坚信她是凶手的还有一件事：在凶杀前有人见到她在雷森桥待过一会儿，可是当出事时又没有人证明她不在现场。"

"这样看来能够下结论了。"

"可是，华生，你对出事的地方注意了吗？雷森桥是座石桥，很宽，有桥栏杆，桥下是雷森湖最狭长最深的一段，湖边的岸上长着很茂盛的芦苇。哦，好像有人来了，应该是我的委托人，不过时间还没到啊！"

果然，来的并不是吉普森，此人通报的名字是玛勒·贝兹。他看起来有点不知所措，紧张、慌乱，瘦得让人不免担心。我想或许他有精神方面的问题。

"请不要激动，先生，"福尔摩斯说，"我11时有个客人要来，所以我们不能谈太久。"

"我知道了，"贝兹先生不连贯地说："你要会见的是吉普森先生对吗？他是我的老板，我在他的农庄上干活，他很凶残、专制，像个恶魔。"

"贝兹先生，你说得有点过火了。"

"请别见怪，我实在是不能自控了。早晨我才从他的秘书福克森先生那里知道吉普森先生要来这，我才匆忙赶来，我必须走了，因为我不能让他在这儿看见我。

"您是他的经理吗？"

"是的，但再过一阵就不再是了，因为我已提出要辞职不干了。他这个人对谁都很凶残，他所谓的善良行为全是用钱来掩饰的，好让自己心安些。他的太太让人同情，她一直被他虐待。就算他不是杀死她的凶手，她失去了生活的信念也与她丈夫有关，以致让她慢慢走向死亡之路，我可以肯定这一点。她太太是巴西人，您一定知道。"

"不，我不知道她是巴西人。"

"在热带出生的人一定有火一样的热情，就像她的爱情之火，同样让人无法拒绝。可是当她年纪大了，不再漂亮，他对她就不再有兴趣了。我们很同情她却不能帮助她，只是敢于同情却不敢说出来，因为我们都怕那个凶残、狡猾的人。我来就是要告诉您，不要上他假仁假义的当。"

这个人就好像怕猫的老鼠，非常快地从门缝溜了出去。

为什么呢？为什么吉普森家里呈现的是祥和平静的景象，却又有人给我们提醒呢？无疑这对我们是有好处的，接下来只有等吉普森自己来了。

楼下传来很重的上楼梯的声音，恰好在11时，这位著名的巨富准时到了，我只看了他一眼，就马上明白了贝兹先生为何如此厌恶他憎恨他，也体会了他同行中的竞争者为何那么咒骂他。

在我眼里，奈尔·吉普森是个成功的企业家，但是他心肠硬，意志坚强。他那肥胖的身体给人一种咄咄逼人的感觉，似乎要占有世界上所有的好东西。他的脸上有很深的皱纹，好像没经过细致的处理，将自己的人生历程很生动地记录下来，很机灵的眼睛放着冷光。随后，他便将我们上下打量了几遍。

福尔摩斯把我介绍给他，他向前微微欠了一下身体，似乎很勉强地打了招呼，接着就拿过一把椅子坐在了福尔摩斯对面，说："先生，为了这个女人能平安无事，我会倾囊而为的。如果你需要钱，尽管开口，钱没问题，它对于我来说就是废纸。另外，真理最重要，我们不能让她被冤枉，要用多少钱，你说个数。"

福尔摩斯并不热情地说："该多少就多少，我工作不单纯为了钱。"

"噢！你不在乎钱，那你就是重视名声了，让人们都知道你是侦探。假如这个案子你能破，你就会成为世界级的焦点，受关注的人物，美、英记者会将你写成一个传奇侦探。"

"很感谢你的美意，不过我对名声大小并不在乎，吉普森先生，你不懂我用这个比较隐蔽的身份来工作的意义。

"我对于类似的事物很感兴趣，但对于名利，我不在乎，不要说别的，还是把案情详细说说。"

"我想你一定有很多资料了，很多地方的报纸已刊登了，我所了解的也只有这些，没有什么提供给你。不过假如你有疑问我会知无不言。"

"那么，我只要你来说明一点，就可以了。"

"好，你说。"

"我想问问你到底和德拉小姐是什么关系？"

这个金矿巨富突然从椅子上迅速地跳了起来，但很快又变回了原来不可一世的样子。

"我应该问这个问题，并且我一定要问，吉普森先生。"

"你说得对。

"我发誓，我们什么关系都没有，非常正常。我们因为要讨论关于孩子的教育问题而有点交往，仅此而已。"

福尔摩斯听他说完就知道他没有说实话。

"吉普森先生，"他说，"我不想让一个口若悬河的人占用我的时间，你请吧！"

这个人像被激怒的熊一样，要向福尔摩斯发起攻击。他站了起来，脸因怒气而呈现红色，两眼怒火中烧，似乎要将福尔摩斯烧化。

"你在赶我走吗？什么意思？"

"我不想赶你走，但我不能忍受被别人欺骗，我想我已说清了我的想法。"

　　"你不要绕弯，把话说清楚，是嫌钱少还是你办不了这个案件。"

　　"我只能给你说明一点，"福尔摩斯说，"这个案子并不好破。假如再有些假证阻碍，那我想就不可能破案了。"

　　"你的意思是你不信任我吗？"

　　"我认为我已将我的意思说清楚了，你有没有说真话，你自己最清楚。"

　　他硕大的身躯像只狮子一样，立刻变得凶狠残暴，似乎要与人一争高下。我为防止他的越轨伤到福尔摩斯，赶紧站了起来，但福尔摩斯却悠然地把烟斗拿了起来。

　　"别激动，这对您健康不利，为了尽快破案，我想您还是让外面的凉风吹吹，使您燥热的大脑降下温来。"

　　这个巨富自制力果然不同凡响，他怒气爆发片刻后，就冷静了下来，恢复原来的冷漠和残酷。

　　"我不想再和你说下去，你尽管按你的意愿做事，我也有我的原则。你有不接此案的理由，但你要记住你的行为举动，你不要高兴得太早，早晚你会成为我的手下败将，让你没有好果子吃，只要是和我作对就没有好下场。"

　　"我听这样的话已经不下千万次了，并且已能熟练背诵。好了，吉普森先生，你可以走了，我想你是聪明人，一定有弄清事实的方法。"

　　"狮子"怒不可遏地走出了大门，福尔摩斯似乎什么都没发生，抽着烟，两眼盯着上方。

　　过了好长时间，他说："华生，你对这个金矿巨头有什么看法？"

　　"看起来，他的确凶狠残暴，为了自己的目的会不惜任何代价，决不饶过与他对立的人，在商场如此情场也应如此。在他眼中，那个善良热情的女人已没有吸引力，甚至成为绊脚石。看来贝兹先生说的没错，我认为……"

　　"我们的看法相同。"

"但我不知道你是如何看出他与女教师二者的不正常关系的？"

　　"说实话，我也不知道他们间的关系怎样，但我虚张声势一诈，果然得到了预期效果，他的不能自控就可以证明。他自己给别人留下的是凶狠冷酷的印象，然而在信中却把自己写得那么高尚，同情那女人又有正义感，这里面一定还有原因。我想要知道真相，就一定得确定三个人的关系，这个很重要。"

　　"对，他决不会善罢甘休的。为了帮这个女人，他还会回来。"

　　果然，我们听到了门铃声，接着是脚步声。福尔摩斯显然很有把握，说："欢迎吉普森先生的返回，我想，你一定有了新的打算。"

　　的确，外面的空气确实让他冷静了许多，他虽然自尊心受到了打击，但仍然被福尔摩斯制服了。他想达到目的，当然要将平时的行为统统收起来。他就像被关在笼子里的野兽一样。

　　"先生，请原谅我刚才的所作所为，现在我已深信您的想法，为了打赢这场官司，我不该不说实话。我应该向您说明一切，我可以用我的生命和声誉保证我和德拉小姐并没有参与此案，你或许不会相信。"

　　"这个要看我的判断，吉普森先生。"

　　"对，您是这个案子的指挥官，您只有全面了解才能有机会胜利。"

　　"很好，吉普森先生，若是士兵在作战时对部队不是一心一意，表现就是要么知情不报，要么假报军情。"

　　"没错。可是先生，在男女关系上，我想谁都会比较敏感，况且我当初是那么爱那个女人，纯洁地爱她，我想将这份感情永藏心底，不能让别人有损于她。福尔摩斯先生，您在我毫无准备的情况下问我这个尖锐的问题，为了救德拉，我可以说出关于自己的秘密，但我仍然无法控制自己的感情。现在，我只求你能救德拉，你就尽管问吧！"

　　"我想问真相。"

　　"巨富"有些不确定似的，像又回到了从前的故事中，因为感情的折磨而使他的脸看上去很痛苦很忧郁。

"好吧，我长话短说，将有用处地说出来，"他开始讲了，"我对于自己的感情纠葛不能条理分明，我曾在年轻时去巴西淘金，后来，我的妻子玛利亚·比特和我相识了。当时她非常美，一下子吸引了我。我当时很年轻，不过至今我都承认我当时那么喜欢她爱她。她热情，有青春特有的吸引力，对感情很认真，而且易冲动，我就被她这一点征服了，然后不顾一切爱上了她，和她结了婚。然而当一切都归于平淡，我们生活了几年后，我意识到我们的不和谐，我越来越不能忍受她的性格，我慢慢地变得不再那么爱她，可她却一如既往地爱着我。假如她能对我死心，或许我们会分手的。但是我对她那么恶劣的态度都不能让她改变对我的爱，她仍然像20年前一样，这让我更加痛苦和不安。

"后来德拉像个天使一样出现在我身边。她很美，让我这个被感情折磨得生不如死的男人很动心，我也需要爱。她来做孩子们的家庭教师时，我发觉我不能离开她了。于是，我向她表明了心迹，我对自己很有信心，就像在生意场中我将对手打败，继而得到所要的东西，对她也一样。"

"哼，你还是达到了目的，你那样做了。"

福尔摩斯此时生气的样子很让人害怕，不过不像那头"狮子"那样。

"我告诉她，我会让她成为最幸福的女人，我想拥有她，但我却不能那样做，尽管我特别爱她。"

福尔摩斯嘲讽地说："好感人。"

"先生，您别讽刺我。我真的很坦白，我不在乎您对我怎么看，我现在并不是在接受审判，我只想我所说的话能起到一定的作用。"

"我是为了那个被冤枉的女人才接这个案子，并不是为了你内心的不安而接的。"福尔摩斯严肃地说，"你们有钱人就是想用钱得到一切。一个女子的一辈子就被葬送了，这比真正的谋杀还可恶，这是你应得的下场，不能怪别人。"

然而这个"狮子"并没有发作，却像一只温驯的山羊在认错。如此看来，他对德拉不仅仅是玩弄。

"我要向上帝请罪，我的计划并未实施成功。她那么善良，令人钦佩，她极力反对，而且要辞职不干，打算回家。"

"但她却没有走——事实如此。"

"这有多方面的因素。她家很穷，她做这份工作是要顾及全家人生活的。她很善良，绝不会不管别人，因为我对她发誓不再做对她有所污辱的事，她才留下了。另外一个原因，她要用她的心来感化我，让我做善事。这世上，也就只有她能把我驯服，使我不再像一匹桀骜不驯的烈马。

"哎，一时说不完呀！福尔摩斯先生，我很有钱，但这个数目有多大，我也不知道，这让我很有信心，我在商场中已经习惯了那残酷的竞争，我要将与我作对的人打败。多年来，我已经形成了这种破坏性的习惯。但她认为，一个人之所以富有，那是在穷人的劳动中积累起来的，这是不应该的。她比我要想得更加远些，她有一颗宽大、善良的心，时刻关心别人，与此同时也影响了我，使我也做了点好事。不过，这实在很微小，她才是我幸福的源泉，就这样，她留了下来，但却发生这件不幸的事。"

"那想必你知道此事的真相了？"

这个巨富此时无言以对，缄默不语。

"现在这些证据都不利于她，男人永远猜不透女人在想什么。当事情发生后我很震惊，我想或许德拉一时难以自控而做了傻事。但是这个可能性不太大，我想我或许会这样做，但对于德拉这么做我不信，实在很可怕。我有一种想法，不管对不对或许你还会斥责我的偏激，我仍然这样想。不过，请你用客观的想法来判断一下我的推理。我太太是巴西人，有热带人的性格，易怒易激动，况且当妒忌充满脑子时就会表现强烈，这是她的个性决定的，尽管我和德拉是清白的，但仅仅这样她也会不能忍受，使她有不能自控的行为。就在她看见我受德拉影响时，她更加气愤，进而要除掉她。她本身那种野性的气质会指使她做任何事，一时激动或许她要杀德拉小姐。但这只是推断，也许是她用枪挟持德拉离开这个家。两人在吵闹中打了起来，却不幸将我太太打死了，这是我的想法，先生。"

"你的推理我也想过，你说得没错，只有这样才能让德拉洗清不白之冤。"

"可是德拉自己不同意这个说法。"

"推论不能说明什么，有的事是不能解释清楚的。这个女人经过与人恶斗后被吓傻了也有可能，很可能将手枪拿回了家。或许她也不知道自己怎么了，也很可能将枪和衣服都放在了一块。等枪被找到后，她不说或许是她当时不能解释清楚，相反，越说越让人误会。那你能采取什么方法来将这个设想变成事实呢？"

"只有德拉自己能行。"

"或许吧！"

福尔摩斯看了一眼表。"我想我在明天上午可能会取到许可证，然后坐夜车去温特斯托，我和那女人见面后相信会有一些可靠的资料，能有个科学的判断，我现在不能确定你的推理是否正确。不过你放心，我会不惜余力地帮助你，我会弄清一切的。"

为了得到官方许可证而把时间耽误了，没办法去温特斯托，只好改了行程，去了奈尔·吉普森的许普郡农庄的雷森湖地区察看现场。吉普森没有和我们同往，不过他让我们去询问一下地方警察沙德特·科文特力警官，他是第一个到达现场的人。我们按他给的地址去了那儿，这个警察长得很高很瘦，皮肤很白，看起来不健康。

他让人看起来知道得很多，但又胆小不敢说，行为有些神秘。他说话时声音一会大一会小，似乎怕别人听见而故意小声说话，但实在没这个必要。不过这些表露出来的弱点也不能将他诚实、正直的性格藏起来，绝不像吉普森一样自高自大。他让人感觉很平易近人，第一印象还不错。

"福尔摩斯先生，很高兴你能来，假如是伦敦警察方面让你来的我就不怎么欢迎你了。如果上级警察过问了某件案子，案子破了，功劳是他们的，如果没破，那么把责任都推卸到我们身上，我们也不愿意替别人顶罪，但我听人说你不在乎名利。"

他说。

"我本来就是在后台工作的，"这句话让他很放心。"纵然我将整个案件疑点全查了出来，我也不会去请功接受奖励的。"

"我想您一定是一个谦虚高尚的人，你的朋友华生先生也是这样。来，先生们，让我们边走边说吧！"他走着的同时往周围看，像是很神秘，他要领我们去雷森湖。

"福尔摩斯先生，我只想问您一个问题，这个问题只能问您。你说这个案子对于吉普森有什么不良的影响吗？"

"噢！这个我想到了。"

"您不知道德拉小姐的为人，她很漂亮，而且善解人意，谁都喜欢她，大家都这样认为，而那个吉普森凶恶狠毒，没有什么事不敢做。他经常用美国的手枪，我想那手枪肯定是他的。"

"那么肯定是他的手枪吗？"

"没错，他有这样的一对手枪，而两支中的一支就是凶器。"

"哦，有一对，那么另一支呢？"

"到现在，我们还不知道另一支的下落。多年来他收集的武器很多，究竟在哪里他或许都不知道，要查清还需要点时间。但两支是一定有的，因为那个枪匣可以装两支枪。"

"那就不对了，要真有两支一模一样的枪，那一支一定可以找到。"

"请原谅我反应迟钝，先生。现在枪已被我们放在吉普森先生那里了，你去看一看，也许会有所发现呢！"

"不急，我们先看一看现场吧！"

我们就在一个警察站的小屋里说了这些话。我们在草原上走了大约半英里，这里景色凄凉，因为秋风也将草吹去了生机。

我们来到了通往雷森湖的门，然后走过一条小路，有一片很隐蔽的空地，从这里可以看见土丘上的建筑物。一旁还有一个弯弯曲曲的小湖，里面满是芦苇，这就是那个雷森湖。显然，湖上那桥是雷森桥。我们在桥头看见在桥的两侧有两个很深但不大的池塘，警官说桥头的地面就是现场。

"你没来之前，有人动过尸体吗？"

"没有，他们发现后，马上就通知我了。"

"谁报的案？"

"是吉普森先生，他听人说吉普森太太死了，他就从家中到这儿来了，并让人维护现场。在警方人员没来之前，没有破坏现场任何的物品。"

"他很镇静啊！我听说打枪的地方距离死者很近。"

"没错！"

"打中了右边的太阳穴，对吗？"

"是，打得很准，一枪就击中了。"

"当时，尸体怎样躺着呢？"

"仰面躺着。不过没有与人厮打挣扎的样子，也没有凶器在现场。另外，吉普森太太手中还有一张德拉小姐写给她的纸条，这一点对德拉小姐很不利。"

"你说有纸条握在她手里？"

"没错，并且很紧！"

"这样一看就不是别人弄的假象，这个纸条一定是在她死前就拿在手中了，我记得上面写着：我9时在雷森桥等你。歌·德拉。"

"你说得非常准确，你记忆力很好，福尔摩斯先生。"

"那么对于这点德拉小姐怎么说呢？她承认了吗？"

"是的，她承认了。"

"她没有解释这些吗？"

"她打算在巡回法庭审理时再解释，所以现在她什么都不说。"

"让人难以理解。纸条写的内容不明确，不易理解，为什么要去那儿呢？"

"可是，先生，"警官说，"虽然我不太聪明，不过我想说说我的一点意见，我认为这个抓在手中的纸条是有用意的。"

福尔摩斯让他继续说。

"但问题就出在为什么要手里拿着纸条来这赴约呢？纸条上

的内容并不繁杂，难道她记不住上面的内容吗？如果确实是德拉小姐写的，这样做目的不是很显然吗？"

"你说得很有道理。"

"我要静心捋顺一下思路，"说完他就坐在了石栏杆上，向周围望去，不再说话。突然，他像发现了新奇的东西似的飞快地向桥对面的栏杆跑去，接着用放大镜仔细地看那块石头，上面有被凿的痕迹。

"很奇怪呀，是谁故意这么做呢？"他说。

"是的，我们也发现了这种情况，不过我想这个案子与之没有太大的联系，或许是路人干的。"

石头很坚硬，呈灰色，但这个凿痕却是白色的，这一定是用力撞击才形成这个6便士大小的痕迹。为了证明他的想法，福尔摩斯用手杖敲了几下石头，结果证明显然是凿痕，但是看来很奇怪。

"这里距尸体很远，我想这似乎与凶杀不会有太大的联系。"

"是关系不大，不过15米远，应该注意一下，好吧！先到这里，在这周围有什么异常脚印吗？"

"没有。"

"如果没有，那么我们就离开这里吧！去吉普森那里看看他收集的各种武器，再去看看那个德拉小姐，我只考虑了这么多。"

吉普森先生外出了。那个到我们那里告密的经理——贝兹先生领我们对他主人收藏的各种武器进行了参观。吉普森在生命里程中的不断冒险都反映在武器使用的记录上了，贝兹仍旧很讨厌他的主人，真希望我们能尽快给予他制裁。

"我主人的仇家很多，这并不奇怪，因为他的所作所为使他不可能有朋友。"贝兹说，"他心里一直很害怕，所以每天都放一支备好子弹的手枪在床头。他人很狠毒，家里的人大都很怕他，就连他已故的太太生前也惧怕他。"

"你有没有见过他打过她呢？"

"那我倒没有见过，不过我想对付一个人用最残忍的方式，不外乎是对他人格的践踏。他过去骂他夫人的话简直不能形容，非常难听，甚至有佣人在场他也如此，让他的夫人一点面子都没有。"

这个富翁的家庭内部的确不那么太平。这次我们收获不小，得到许多资料，不过案子的主要问题仍然存在。不论贝兹先生多么想让吉普森受刑，但他却不能给我们提供主要情况，更何况案发时吉普森不在现场而在书房里。贝兹先生也不能提供吉普森下午从城里回来在外面待过的证据，相反却是为德拉小姐约那个死者见面。关于会面的具体情况，我们就不清楚了。尽管她什么也不吐露，但我们必须和她见面，澄清几个疑点。这个案件诸多证据对她都很不利，而只有一点是有利的。

"哪一点呢？"

"那支放在衣橱中的手枪。"

"怎么会呢？我想这是最重要的证据！"我说。

"不，不对，在知道这个情况的一开始，我就对此有疑议，但是我现在了解了这个案件以后，就更加相信这是个疑点，但我找不出理由来推翻它。"

"你给我仔细说明一下好吗？"

"好吧，华生。我们将这个问题假设一下：假如你想将对方谋杀，你是那个女人，计划得很周密，如写便条、赴约会、拿枪杀人等。这所有的事都很严密，任何人都不知道，却唯独不将凶器处理掉？想出这个计划的人一定很聪明，却偏偏将凶器放在易被找到的地方等警察搜出来。华生，你会做这样的傻事吗？"

"或许她是一时疏忽了。"

"不可能。假如将一切事情都处理好了，那一定会想一想如何处理凶器，我们都被这个假现象给骗了。"

"不过你的想法仍然需要有证据证明。"

"是的，我们的确应该证明一下它。你不妨从另一个角度来考虑，就像那支手枪。德拉小姐说，她不知道是怎么回事，我想如果她没有撒谎，那么一定是有人要嫁祸于她，故意把枪放在衣橱里，这个人一定是凶手。你瞧，从另一方面考虑，我们就有了突破。"

因为官方许可证还没拿到手，当时我们只好在温特斯托住了下来。第二天，在德拉的律师陪同下，我们一同去看了在监狱里的德拉。她的这个律师叫乔埃宪·克米斯，是一个刚刚在法律界发展起来的年轻人，很有发展前途。这期间听说了很多关于德拉的传闻。

我带着我的疑虑，去见这个从未见过的漂亮女人。她很美，给我留下了较深刻的印象，见到她，我才相信那个像暴君一样的人受到她的感化。的确，她有征服别人的能力，就连吉普森都承认，她身上有种自然的高贵感，留给别人的印象很好。她的脸很美，却更能衬托出她的果断。她神情端庄，身材很苗条，有不凡的气质，但这时她那双慧眼却没有了光彩，目光幽怨无奈，让人不禁顿生怜惜之心。

她的确受到各方面夹击，我们是能帮助她的唯一希望。我们说明来意并告知身份后，她那美丽的眼睛就像看见了上帝似的顿生光彩，脸颊也因激动由苍白变为红润。可怜的人，我们一定会帮助你的。她说了一些和吉普森先生的事。

"您不用再说那些关于你们真挚而高尚的爱情故事了，我已经完全相信。不过我不明白，你为什么不在法庭上说清楚呢？"

"原本我想事情不会发展到如此程度。我是无辜的，我想我一定能洗脱罪名，但这并不像我所想象的那样，相反却越来越不好，简直没有了办法。"

"天啊，小姐！你怎么还能这样消极地等下去呢？相信律师已一五一十地将实情告诉你了，所有一切都对你不利。假如你仍然不合作的话，那么会有什么样的结果，谁也想不到。如果想洗脱罪名，就要配合我们。"

"好吧，我尽量配合！"

"好，首先说说你和吉普森太太的关系如何。"

"我也没法说清楚，不过我想，她一定很恨我。她爱她的丈夫多深，恨我就有多深，她完全把我们的关系想错了，她不能理解我和吉普森先生精神上的来往。其实，她重视的是他们肉体上的关系，当然，她更没有办法想象我留下来只是为了吉普森先生能做些善事。她认为我会将她的丈夫抢走，当然，她会失去理智地恨我。现在想想，我真的应该走，不该留下。我造成这么惨痛的悲剧，永远也不能弥补。"

"那么，德拉小姐，您将真相说给我听听，尽管别人不信，但我还要听。"福尔摩斯说。

"我把所知道的都说出来，但是，先生，至今我还对一些情况不了解呢！"

"你只需将事实说清楚就行了，不用解释。"

"好吧，那我就把在雷森桥约会的事说一下。那天上午，我在孩子们的学习室桌子上看见了吉普森太太约我的一张纸条，上面写着她约我晚饭后到桥头与她见面，有重要的事要说，并让我给她个答复，将纸条放在花园的小墙上，还要我保密。我不明白这么神秘的原因，但我没多想，就照办了。她很怕她丈夫，他常常虐待她，另外，她还让我把纸条烧了，我也照办了，在壁炉中烧掉了。我想或许她是怕被她丈夫知道而发怒，我理解她，就一切照办了。"

"但是，她却故意将你写给她的纸条留下了。"

"这正是我不明白的，并且还将它拿在手里面。"

"那么，后来怎样了呢？"

"晚上我如期赴约，她正在等我。到那儿时，我才明白她是多么恨我。她对我又吼又叫，把我骂得非常难听，好像要将我碎尸万段一样，简直就像个精神病人。她外表看上去冷漠，什么都不在乎，其实她特别地恨我。我被她惊呆了，说不出话来。她样子很可怕，我转身就往回跑，因为我实在受不了，可是她仍然在骂。"

"是在她死的地方吗？"

"差不多在那个周围吧！"

"你竟然没有听到枪声吗？"

"没有，先生！我当时大脑一片空白，被她弄得不知所措，只想离她远一点，哪里顾得上别的事情，直接就回到了自己房里。"

"你说你回了屋，那么第二天一早又离开过，对不对？"

"对，因为我听说吉普森太太死了，我很震惊，就和别人去看了一下。"

"当时吉普森先生在现场吗？"

"是的，他正在现场指挥，让人去请警察和医生。"

"你认为他当时精神情况怎么样呢？"

"他意志坚强，很有自控能力，他不轻易将感情外露。不过，我看得出他很伤心，因为怎么说她也是他的妻子。"

"现在那支手枪对你很不利，你曾经见过吗？"

"没有，从来没见过。"

"那么是什么时候你才看见它的呢？"

"当它被警察从衣橱中搜出来时。"

"卷在你的衣服中吗？"

"是的。"

"你想会是什么时间放在那里的呢？"

"前一天早上，我在那里没有发现枪。"

"有什么依据吗？"

"因为前一天早晨我收拾我的衣服了。"

"噢，知道了！这就说明是有人要栽赃嫁祸给你。"

"你说得太对了，福尔摩斯先生。"

"那么，又怎么确定作案时间呢？"

"在吃饭的时候或者在我给孩子们上课时，我房间没人。"

"在这个时候你收到了她的纸条，对吗？"

"对。"

"你不仅帮了我也帮了你自己，德拉小姐，你再仔细想一想当天的情况，再进一步将疑点说出来。

"好，我会尽力而为。"

"另外，我在事发地点发现了一块石栏杆有被锤子击打的印迹，这离尸体不远，是与尸体相对的。"

"对不起，我实在想不出来。"

"这个问题让人费神呀！但是怎么这么巧，偏偏这个痕迹会在死者遇害的现场出现呢？"

"希望你能想通这个疑点。"

福尔摩斯脸上的每根神经好像被拉紧了一样，凭我对他的了解，他现在一定在另一个思想境界里幻想。我们都不做声地看着他，把所有的希望都放在他那聪明的头脑上。突然他将手一挥。

"华生，好了，和我走吧！"这时他已经从椅子上站起来走到了门口。

"出什么事了吗？"德拉不明所以。

"噢，你放心吧！克米斯先生，你就快要成为一个全国最出色的律师了，我终于得到了上帝的帮助，让我救一个被冤枉的好女子。相信我，她就快要自由了。"福尔摩斯对德拉的律师说。

因为我们急切的心情，这段短途却变得如此漫长。福尔摩斯异常激动，有些不能自控了。的确，这件事的成与败就看这次了，我也因此心情格外紧张。马上就要到雷森湖了，他用一种奇怪的语气问我，就像孩子问母亲一样说："华生，你总是带着手枪对不对？那是为了保护我的安全，对吗？"

"你应该感谢手枪，你救人时总将自己忽视了，却不想想自己的处境。"我也用大人训孩子的口气说。

"有你的保护我就什么都不怕了，你现在带枪了没有啊？"

我不知道他要做什么，但仍然将一把很精致小巧的枪给了他，他像看宝贝一样看了好半天手枪。

"差不多够重了。"他说。

"这一点并不重要，关键它很灵巧敏捷。"他没有回答我。

"它的作用是要协助我们来做个实验，这对于这个案子很重要。"

"不要再不着边际了。"

"我没有，现在顾不了那么多了。我要在雷森桥做个实验，我的设想和结果如果一致，那这个案就能破了，现在留一颗子弹在外面，将其它装进膛去。"

我想不出他在设想一个怎样的实验，我也不多想了，就让他自由地假想吧！

我们在哈普郡下了车，又转乘另一辆车，约10多分钟后，我们终于又见到了那个老实善良的地方警察。

"案子有进展了吗？福尔摩斯先生。"

"这要看今天的实验如何，请给我弄一根差不多10米长的绳子。"

不久，警察买了一条近10米的绳子。

"好了，就让我们去做这个实验吧！"

我与警官仍然不知道福尔摩斯要干什么，但我自己深信我的朋友。但是那个警官却显出怀疑和不懂的态度。

福尔摩斯激动的心情溢于言表，但看得出他在尽量控制。"华生，我知道你有很多疑问，在听德拉小姐叙述时，我已在脑中将案情各个环节连在了一块，至此，只有一个环节不相扣，我没有太大的把握，有时我也会走错路。我想我已经掌握了确凿的证据，现在就看这个实验了。"

实验开始了，福尔摩斯将死者所躺倒的位置确定下来，将手枪栓在一端，福尔摩斯手拿着它，另一端系了一块很重的大石头，石头经过石栏杆用绳子吊在湖面上，这时绳子已经绷得很紧。

"开始！"说完他就把枪，举到了头部，然后突然松了手。因为绳子另一头有很重的石头坠着，一松手，石头把整个枪用绳子一拽，飞快向桥对面的栏杆撞去，接着沉入水底。福尔摩斯赶紧向石栏杆跑去，低头细看，他突然跳了起来，他成功了。

"华生，我成功了！你来看，刚才留下的痕迹与原来的一样，没有什么区别。太好了，你的手枪可立了一大功啊！"

"好，我们晚上可以喝一杯了。"他对那个仍然莫名其妙的警官说："好啦，都清楚了，你去准备打捞工具吧！将我朋友的手枪捞上来。自然啦！你也一起将那个脑子有问题的女人的武器捞上来，一共有三样东西：绳子、枪、石头，这就是她为了达到目的而使用的工具，德拉小姐终于可以重见天日了。明天上午你告诉吉普森先生，我要去他那里，他会很高兴让我去的。"

痕迹和案子有关，但我却不能将它与推理联系在一起，我的反应慢了许多，假如你一定要将此案记录下来，我想它反映不出我有什么智慧。

"你没有必要如此自责，谁会想到那个女人会有那么强的报复心，而又能想出这种方式进行报复。她把丈夫对她的虐待都归于德拉的身上，她不能将自己究竟是精神上的还是肉体上的敌人分清楚，她真让人无法接受，爱得如此狂热，终究走向死亡，却又连累了别人，于是德拉就成了发泄的对象。她自杀却又嫁祸于人。

"她是经过周密细致的打算才实施的，她巧妙地从德拉那里弄了张德拉约她见面的纸条，表示是德拉约她，她自以为很完美，但恰恰是这张纸条才使她的用意暴露无遗。

"她从她丈夫的武器中精心选了两支一样的手枪，其中一支自己自杀用。将我们实验的那种方法运用于实际，另外的一支用来给德拉小姐作为凶器。她将一切都办妥当后就下定决心自杀了。德拉小姐如约而至，她就将积怨统统释放出来。等德拉走后就开始实施计划的下一个步骤——自杀。这就是这个案子的整个过程，似乎很简单，但却又有那么多插曲。但无论如何，我们也算做了一件好事，或许那个"巨富"会和德拉小姐有个圆满的结果，相信他们都会从中吸取一些有用的东西吧！"

爬行人

我的朋友福尔摩斯一向都希望我将普莱斯伯利的怪事公布于众，至少这样可以抵消一部分谣传。20多年前这件事曾经在剑桥大学流传，并扩散到了伦敦的学术界，但总有些原因，让我不能公开它，所以这件事便在福尔摩斯案件资料的铅制盒子中埋藏了起来。现在，我才被允许将此案公布，那是福尔摩斯在快退休之前办理的案件，纵然在今天也要小心撰写，不可无中生有。

1903年9月的一个星期日晚上，福尔摩斯用他独特的习惯给我写了一张纸条：

　　　　有无时间都请来一趟。

　　　　　　　　　　　　　　　　　S.H.

　　我们的关系在他晚年时很不一般。他有很多习惯，经常被它们支配，这其中有些很难更改，而且不顾及大局，写纸条是这之中的一个习惯。他还有一些不怎么好的习惯。我的用处显现出来的时候，也正是他感到办案吃力并在一旁有勇气提供给他的时候，但我不光有这样的作用。在他思考问题的过程中，我就像一块磨刀的石头，在我面前，他向来喜欢理顺他的思路，因为我可以刺激他的思想活动。

　　有时，他也不一定对着我讲，或许也对着墙讲，但无论如何，时间久了，他习惯了对我讲话。我的行为举止对他多少会有些帮助，有时因为我的头脑反应慢些，但恰恰是这样才能有效激发他的思维拓展，并将灵感迸发在我们的高尚友情中，我只起了如此微小的作用。

　　我来到他在贝克街的居所，他在沙发上缩着身子，高拱着腿，口里抽着烟斗，深深地皱着眉，好像在想一个问题。如此这般，他一定在考虑一个令人烦恼的问题，他示意让我坐在我经常坐的那个沙发上，除此就没有表示看见我在场。大约半小时后，突然他从思考中恢复了常态，用我早已习惯了的古怪笑容迎接我。

　　"华生，请别在乎我的深思。昨天，有人对我说了一些奇特的事，它让我想到了另外的很有意义的东西。我想写一篇关于狗在侦查工作中用途的小论文。"

　　"可是这个似乎有人已讨论过了，"我说："你看，比如猎狗、警犬。"

　　"不，华生，不是这方面的，这个谁都明白，但这还有更奇妙一点，不知道你是否记得你用让人害怕的方法，将铜山毛榉案处理那回，我特别注意了小孩子大脑反应活动的方法，并用这个结果来从逻辑上判断那个自负、却又爱面子的父亲有什么样的犯罪习惯。"

"噢，我当然记得。"

"我对待狗的观点也如此。对于一个家庭的生活，狗能反映得很真实。欢快的狗代表着家的欢愉，那么忧郁的狗一定在不愉快的家庭。凶狠的人一定有凶残的狗，危险的狗一定有一个危险的主人，有时狗能反映人的情绪。"

我不认同地摇了摇头，说道："这个似乎不太合理吧！"

他装满烟斗坐下，没有注意我的意见。

"我现在研究的东西在具体实践中与这理论有联系，我正在这一团乱麻中找头绪。有一点就是，咬普莱斯伯利的狗正是他自己的狼狗。"

我往椅背上靠去，让我很失望，就因为这个很无聊的小问题让我在那么忙的工作中来这里？福尔摩斯很迅速地看了我一眼。

"华生，你像原来一样，还是不注意最细微的事。其实这些事对大的问题有帮助，从表面上看这事不奇怪吗？剑桥大学的著名生理学教授普莱斯伯利你听说过吧！他是一位有资历、德高望重的学者，他自己喜欢的狗又为什么总咬他呢？你有什么意见吗？"

"那一定是狗病了。"

"这有可能，也值得考虑，可是平时它并不咬人，值得注意的是在特殊的状况下来咬主人，而在平时很老实。华生，很奇怪是吗？我听到铃声了，看来是波勒特先生来了，这比预约的时间早一会儿。我本来打算在他没来之前和你说一会这个案子呢！"

听起来上楼的脚步很急，并急促地敲着门，然后这个新的主顾就走进了屋。他大约有30岁吧！个子很高，不胖，长得英俊大方，穿的衣服很讲究，行为举止有一种学者风范，并没有善于交际的老练。他与福尔摩斯握手，我在场令他吃惊不已。

"福尔摩斯先生，我要讲述的是一个很让人敏感的事，还请您体谅我和教授无论私下还是工作上的密切关系，我不想也没必要让第三个人知道这事。"

"别担心，波勒特先生，我在这个案子中需要有一个人能帮我，华生医生是最好的人选，何况他非常慎重小心。"

"那好，就听您的，但不要怪我这样谨慎的态度。"

"华生，波勒特先生是著名教授普莱斯伯利的女儿的未婚夫，而且还是教授的助手，住在教授家，我们让您替教授保密。当然同意并支持，但最好用解决事情的办法来表示您的忠心诚意。"

"我也这样想，先生，这是我所想的，那么能说一下这位华生医生对此有多少了解吗？"

"我还没有时间和他说。"

"那就让我再把事情大概说一下吧，然后再汇报一下最近的新情况。"

"还是我来叙述吧！这可以检查一下我对基本事实的了解。华生，这里提到的人是欧洲很有声望的教授，他一向都在学院中生活，而且从没有不好的传闻。他的妻子死了，有个女儿叫伊蒂丝。这个教授很果断、坚强，还有点好斗，就是这些情况。但后来他的生活有了变化，他今年61岁，却和同行的解剖学教授默尔费的女儿订婚了，我看这次求爱有些像年轻人一样炽烈，没有年龄大的人那种理智地求婚。他求爱的对象是一位才貌双全的少女叫爱丽丝·默尔费，如此看来，教授对她一往情深并不奇怪，但在自己的家庭里并没有人支持他。"

"我们都觉得他这样不对。"

"是的，很过分，而且不同一般。可是教授很有钱，他那个同行并不反对他的女儿同时还有另外的追求者，他们在财产地位方面不及教授，但至少与她年龄差不多。而这个姑娘好像对教授的怪脾气不放在心上，仍然喜欢他，只是年龄上有点想法。也就在这时，教授被一些不知缘由的事而改变了。他从来没这么干过，他没说去哪里就走了两个星期，然后很疲劳地回来了。他没有提到自己的去向，而以前他向来真诚坦白。很巧，这位波勒特先生收到一封同学的信，这封信来自布拉格。他说在布拉格很荣幸见到了教授，却没有机会说话，这才知道他去了那里。"

"重要的是，教授自从回来后，就有了非常奇怪的变化。他变得偷偷摸摸，和他经常交往的人都认为他变了，不是原来那个人了。他高尚的品格被掩盖了，但他的智力没有什么变化。课堂上他仍旧像过去，才华不减！而总有一种新的事情在他身上体现出来，是一种让人无法预料又不太好受的东西。他的女儿一向都很爱他，她很多次想与父亲再像原来那样亲密，想让父亲将'面具'摘掉，此时，波勒特也在共同努力着，尽管这样可仍旧没有起色。好了，下面请你说说有关信件的问题，波勒特先生。"

"华生医生，你知道吗？教授和我一向都没有秘密，即便我是他的儿子或弟弟，我想也不会得到他那么大的信任。我是他的秘书，信件全由我负责，拆信并分类都是我一手处理，但事情在他回来后有了变化。他吩咐我说，假如有伦敦寄来的信，而在邮票下又画有十字的，那么就放在一起，不要拆阅，他亲自看。果然后来我收到了几封邮票下面有伦敦东区邮戳的信，信上的字迹让人看来没有什么文化。假如教授写回信，也是自己邮寄，不再将信放在我们发信的邮筐里。"

"有关小匣子的事你再说说。"福尔摩斯提醒道。

"对，小匣子，教授旅行回来时拿回来一个小木匣，这个物品能证明他去欧洲大陆旅行过。它做工精细，多数人都觉得是德国的手工艺品。有一次我去工具橱找插管，无意间看见了那个木匣，就好奇地拿起来看，没有想到教授非常生气，大发脾气，把我狠狠地责备了一番，话说得也很粗鲁。这种事以前从未发生过，我被他伤了自尊心，我也尽力向他说明，我没有别的用意，只是随手拿起来看看。但那天晚上，我感觉他一直在凶狠地盯着我，他似乎把这事放在心上了。"说着，他从兜里拿出一个小日记本，说："那天是7月2日。"

"你做这个见证人真是合格，这个日期或许对我有用处。"福尔摩斯说。

"这是我从教授那里学的系统方面的知识。自从他有了异常后，我就想到应该记录这些。所以我就记下了7月2日这一天，他从书房走到门厅时，罗依咬了他。后来在7月11日，又发生了这样的事，接着7月20日又发生了一次。没办法，后来我们就把罗依关到马厩里了。罗依一向很听话又懂事，是只好狗。我所说的让你一定听烦了吧？"

因为福尔摩斯明显地出神了，没听他讲话，让波勒特说出语气很不高兴的话，只见福尔摩斯紧绷着脸，两眼出神地盯着天花板。后来，他恢复了常态，"奇怪，很奇怪！我至今仍没有听说此类事呢！波勒特先生，我们已将原来的情况说得差不多了，是吗？你说这事又有了进展是吗？"

或许他想到了令人烦恼的事而使他那年轻率真的脸变得阴郁。

"我讲一下在前天夜里发生的事。大约是夜里2时，我醒了，躺在床上，只听见有很沉重而发闷的响动，好像从楼道移来的。我打开门往外看，因为教授就在楼道的另一端住。"

"哪一天？"福尔摩斯插了一嘴。

这位年轻人表现出对提出这个没有联系的问题很不高兴的样子。

"我已经说了在前天晚上，9月4日那天。"

福尔摩斯微笑着点了点头。

"你请继续说吧！"

"他在楼道的另一端住，如果要到楼梯必须得经过我的房门口。那天让我看到的事情太吓人了，我自认我精神还算正常，但是那种场面却把我吓坏了。楼道很黑，只有中间的窗子能透进来一点光，我看见一个黑乎乎的东西在地上爬着往楼道那边移，当他经过那块光亮的地方，我才发现那是教授。他在地上爬着，是用脚和手而不是用膝和手在爬，垂着脑袋，不过他爬得看似很轻松毫不费力，我被吓傻了。一直等他来到门口，我才反应过来，走过去问他，要不要将他扶起来，他一纵身站了起来，骂了一句很难听的话回答我，然后马上就从我面前走了过去，下楼了。我大约等了一个小时，也没见他回来，可能天亮他才回屋。"

"华生，你怎么看？"福尔摩斯说话的语气像个搞病理的科学家，拿一个不常见的病例来和我商讨一样。

"有可能是风湿性腰痛，我知道有一个病人病情很严重，就用这种方法走路，而生这种病让人很易怒、易烦。"

"华生，你真可以！你向来说话句句在理，但是他要是腰痛就不对了，他是一纵身就站起来了。"

"他身体非常好，"波勒特说，"说真的，我没见过他身体这么好，这确实是真的。这个案子不能像其他案子一样有现场可查，因此我们又束手无策，我和伊蒂丝就是普莱斯伯利小姐都感到要有不幸的事发生，再也不能这样下去了。"

"这件案子的确让人困惑，而且令人深思，你怎么认为？华生。"

"从医学角度讲，我认为这是一个精神病例。老教授因为恋爱的打击而不堪忍受，因此他为了脱离情网而去国外旅游，至于信件和木匣也许和他别的事有联系，例如在匣子中放了借款，或股票证券等。"

"那么狼狗会反对他做证券交易吗？我想，这事一定有隐情，到现在我只能提——"。

至于福尔摩斯要提示什么谁也不知道，因为话被突然推门而入的小姐打断了。波勒特马上跳起来跑过去，张开双手将伸过来的手拉住。

"噢，亲爱的伊蒂丝，你没事吧？"

"杰克，我吓坏了，我不敢一个人在家里待了，我一定得来找你。"

"福尔摩斯先生，这是我的未婚妻，我刚才提到的。"

"先生，我们就要得出结果了，不是吗？"福尔摩斯示意她在波勒特身边坐下。

"我发现波勒特不在，我知道他会来您这儿，因为他曾说要找您帮忙。先生，请您帮帮我爸爸吧！"

"有点希望，不过还不完全清楚，或许你会带来一些新的情况。"

"这事发生在昨晚，先生。昨天一天他都是很奇怪的样子，我想或许他都不能记得自己做了什么，似乎在做梦。昨天就像在做梦，我想他不是我父亲了，虽然外表是，但内心却不是了。"

"那么，请你将昨天你看到的事告诉我吧！"

"昨天夜里，狗的狂叫声把我吵醒了，那是被锁在马厩旁的罗依。我睡觉前总要锁上门，杰克知道的，因为我们都感觉有不祥的事要发生。我住在楼上的卧室，昨晚我的窗帘没有挂，外面月光很好，我躺在床上看着窗口，听着狗的狂叫。突然我发现父亲的脸贴在窗上，他正在看我，我简直被吓死了。他一只手好像是在扶窗框，脸贴在玻璃上，假如他将窗子打开，我想我一定会疯的！先生，那不是幻觉，我肯定！大约过了20秒钟，我就那样躺着看着他的脸，因为我已经不能动了，再后来就看不见了，可我仍然不能动。当然，也不能看见他到哪去了。我一身冷汗躺在那儿，一直到天亮。"

"吃早餐的时候他看起来粗鲁暴躁，并没有提到昨晚的事，我什么也没说，就撒谎进城到了这儿。"

小姐的讲述让福尔摩斯十分吃惊。

"您的意思是说您住在楼上，那么园子中有比较高的梯子吗？"

"没有。这恰恰就是让人害怕的地方。他的确不能够爬到窗户，因为根本没有什么方法，但他偏又到了窗口。"

"这是9月5日发生的事，理出头绪真不容易。"福尔摩斯说。

这话一说完，那位小姐看起来很吃惊。

"这已经是你第二次说到日期了，先生，难道这件案子与日期有联系吗？"

"有可能，可能性很大，不过我并没有证明材料。"

"您是不是把月球的转动和他的精神异常结合在一起了？"

"不，没有，这和我想的没有关系。我想，你能不能把日记本给我看看，我要核对一下日子。华生，我想我们也该有所动作了。小姐不是说她感觉她父亲有时会记不住自己都做了些什么吗？我很相信她这种感觉，所以我们去见见他吧！假装是他约我们的，就在他不清醒的日子去，或许他会真认为他记不清了，那么我就能接触他而进一步调查。"

"这样不错，但我必须告诉您，教授脾气暴躁、十分粗鲁。"波勒特说。

"我们会尽快和他见面，如果有理由的话。这样，波勒特先生，我们明天一定会到剑桥的。假如没有错，那里有一家旅馆，叫切克旅馆，旅馆供应葡萄酒而且很好喝，床单洗得也很干净。噢，先生们，或许我们以后几天的命运还会比这更坏呢！"

因为福尔摩斯没有家庭的烦扰。星期一早晨，他很容易就去了目的地，而我却要安排一切，那是因为我的业务扩大了许多，但在去的路上丝毫没提这个案子的事。一直到把衣箱存到他说的旅馆时他才说。

"教授在11时讲课，中午或许会在家，我们就在午饭之前去他那里。"

"那么我们去总该有个缘由吧？"

福尔摩斯赶忙打开日记本看一看。

"8月26日他曾经很暴躁，我们假想一下，那时他脑子很乱，那么我们就咬定有人约我们的，或许他会承认，我们就厚着脸去吧，怎么样？"

"只有这样了。"

"华生，你真行！无私无畏而且又努力进取。只有试试才知道这句话是意志坚强者所信奉的，我们找个本地人带着去吧！"

一个赶着双轮马车的本地人将我们带到了一排看起来年代久远的学院建筑物，然后又拐进一条只有三股的马车道，在一座很美的宅子门前停了下来。放眼看去，宅子四周都是草坪，种的全是紫藤，这样看来，教授生活得很舒服，而且还很奢华。

当我们刚靠近的时候就看见一个白发人的脑袋从前窗露了出来，他长着很浓密的眉毛，戴着一副玳瑁眼镜，眼光很尖锐地看着我们。一分钟后，我们已来到了他的屋子里，并站在了教授的面前，是他那异于常人的行为把我们从伦敦引到这来的。教授从外貌和行为举动上看都很端庄，他长得很高大，五官正常，行为动作也很有教授风范，身上穿着礼服，似乎很有威信，值得注意的是他那目光敏锐并且狡诈的眼睛，给人的感觉比较聪明而且有些奸诈。

我们呈上了名片。"请坐，先生，不知道找我有何贵干啊？"

福尔摩斯笑着说："这个问题我正想问你，教授。"

"哦，问我？"

"或许出了什么误会，可是有人告诉我，剑桥大学的著名教授普莱斯伯利先生有事需要我们服务。"

"哦，原来如此。"我看到他那灰眼睛里射出了一道凶光。

"你听说的，对不对？那么请您说说他是谁？"

"对不起，先生，这样不好，假如真是有误会也不要紧，我向您道歉。"

"不用了，我对这个事很好奇，我想弄明白，你可以用便条文件或其他来证明您来的目的。"

"没有。"

"你不是要说你是我请来的吧？"

"这个问题不好说。"

"当然！"教授怒喝道，"但是不用你回答我也能得到证实。"

他按了一下电铃。铃响后，已和我们相识的波勒特先生走了过来。

"波勒特先生，你请进来，这是从伦敦来的两位客人，他们说是应约而来，你负责处理我的信件，有没有给叫福尔摩斯的人邮递过什么函件呢？"

"先生，我没有。"波勒特脸红了一下。

"这样就对了。"他很恼怒地瞪着我的朋友。他把手按在桌子上，将身子支住探了过来说，"先生，我觉得你的身份让人怀疑。"

福尔摩斯耸了耸肩。

"抱歉，我只能说打扰您了。"

"先生，不能这样了结！"他大声地叫嚷着，脸上充满了憎恨，他说话时已来到门边将我们的路拦住，两只手比划着，在向我们示威，"别想轻易地走掉！"因为激动而使脸上的肌肉都在跳，他咧嘴叫嚷着。如果波勒特不出来解围，我们只能打出去了。

"教授先生，您想想您的身份吧！这样做会让别人都知道，注意您的形象吧，你不能这样做！"

于是那个老头，那个粗暴的教授没办法就让了路，我们从可怕的宅子里来到了外面，到了那三股马车道上，我的朋友好像觉得此事很有意思。

"这位知识渊博的朋友，脑子的确有问题，我们的突然来访或许有些不合适，尽管如此，我们还是亲自和他接触了。噢，华生，或许他追来了，想看看我们到底在干什么。"

只听见身后有人跑过来，不过，来的人是波勒特，这让我放心了。他因为跑了一段路而喘着粗气，从马车道的拐角向我们走来。

"很抱歉，我向您道歉，福尔摩斯先生。"

"不用道歉，波勒特先生，我的这个职业不能避免这些。"

"他还从来没有像今天这样如此野蛮，他变得更加凶险，现在你了解我和他女儿是如何担心了吧！不过他的脑子却比较清醒。"

"非常正常！显然，我的判断错误了，他的记忆没我想的那么坏。噢！还有我想在临走前，看一看普莱斯伯利小姐的房间窗子。"

在波勒特的带领下，我们穿过灌木就看见了楼的侧面。

"就是那里，从左边数第二个窗子。"

"噢，这真够高的。唉，你瞧，窗子下面有藤，还有水管，这些都可以借助攀援。"

"我想，恐怕我都爬不上去。"波勒特说。

"没错，这对于正常人来说是相当危险的行为。"

"噢，还有，我已弄到了与教授通信的人的地址，早晨教授好像给他寄了一封信，在他的吸墨纸上我发现了那个地址，你知道这是不道德的，这样做是很羞耻的，可是我实在是迫不得已而为之。"

福尔摩斯看了纸条一眼就把它装进了兜里。

"朵拉克是一个奇怪的姓氏，我想，她可能是兰斯拉夫人，无论如何，这是个很重要的线索。波勒特先生，我们在这儿留下也没有什么事儿了，下午我们就回伦敦。因为教授没有犯罪，所以我们又不能逮捕他。当然，对他的行为我们又不能控制，不可能证明他精神有问题，所以我们暂时不能有所行动。"

"那么我们该怎么办呢？"

"别着急，波勒特先生。马上就要有进一步发展了，假如我推断正确的话，下星期二或许会有一些险情，那时我们会来的。你家在这段时间会很难过，假如能让普莱斯伯利小姐在伦敦住的时间长一些更好，你看如何呢？"

"这不成问题。"

"好吧！让她在伦敦住一段时间，等危险过去我们再告诉她。这样看来，不要太多限制她，给她宽松的环境，让她顺心就可以。"

"他过来了！"波勒特的声音很小，看起来很害怕。我们从树缝里看到了那个高个子的教授从屋子前厅走出来，他向四周来回看着，走路时身子向前倾，摇晃着两手，波勒特挥手向我示意告别，之后就悄悄溜进了树林。一会儿，我们看见了他和教授碰了面，两个人好像在很热烈地说着什么，然后就走进了屋。

"我想，老教授可能看出了什么破绽！虽然我只和他有一面之缘，而且交谈不多，但我觉得他头脑很灵敏。暴躁的性格显而易见，但是如果从他的角度来讲，发脾气也不是很过分，他一定能想到有侦探来对他探寻什么和他的家里人一定有联系，我想波勒特回去后，不会很平静了。"

我们一边向旅馆走一边说着这些话。在回去的路上，福尔摩斯发了个电报，当晚有了回应，他让我看了电报。内容如下：

已走访商务路，见到朵拉克。他是波希米亚人，略上年纪，为人和善，开一家大杂货商店。

麦希尔

"麦希尔是管理生活事情的勤杂工，在你走后来的。"福尔摩斯说。"我觉得应该对他秘密联系的人和他的国籍做个了解，看他与教授的布拉格之行有什么关系。"

"感谢老天，终于能把事情联系在一起了，我们所面临的还有一些让人不能理解的事。比如，那只狼狗咬人和波希米亚人又有什么关系呢？这些又和教授在夜里爬行又有什么关联？还有最让人想知道的就是你注意的日期。"

福尔摩斯笑着搓着手，我们坐在这个开了多年的旅馆里，喝着一瓶很出名的葡萄酒。

"好吧，就让我们来看看这个日期。"他把手合在一起，似乎像讲课一样。

"这位年轻人的宝贵日记本记载了7月2日发生了这样的事，自从那天好像每隔9天就有事发生。据我观察，只有一次反常，因此9月3日、8月26日也都正常，我想这不会是巧合。"

我没有异议。

"因此，我们假设一下，教授每隔9天要用一种很烈性的药品，这种药作用较大但持续时间短，他的性格原本就很暴躁，加之药的刺激会表现更强烈些。看来他是在布拉格学会用这些药的，现在由一个波希米亚的经销商品的人供给他药，这些是有关系的，华生。"

"那么又如何解释夜里狗的狂吠，窗户上的脸和在楼道里的爬行呢？"

"不管怎样，咱们总算有了头绪，要想有进展就要等到下个周二。现在我们能做的是和波勒特保持经常联系，还有就是欣赏并游览一下这个美丽的城市。"

第二天早晨，波勒特偷偷向我们汇报情况，如福尔摩斯所讲，回去后，教授果然把他斥责了一顿。虽然他不了解情况，但他态度恶劣。不过早上，他又像原来一样，给满屋子的学生讲了一堂生动有吸引力的课。

"首先不要说他的反常，他真的和原来比较有了更多的精力而且头脑更加灵敏。可是他不再是我们了解的人了，变成了另外一个人。"

"依我判断，一周之内你不用再怕他了。我每天都很忙，华生医生也要照顾很多病人，我们就约好下周二还是这个时间还在这里见面。假如我在下次离开你之前仍旧不能向你做个交代，那就是让我出乎预料了。请把详情写信告诉我，但应在周二之前。"

接下来的几日我一直没有与福尔摩斯见面。周一晚上，他写了一张纸条让我去火车站会面，我们在去剑桥的路上，他说教授家里一切安静没有异常，他言行基本上也较为正常。当晚我们又来到了切克旅馆，安排好一切，波勒特讲述了福尔摩斯所交代的事。

"今天他又收到了由伦敦寄来的信和一个小的邮包，上面都打着'十'字的符号，他让我不要拆，其他就没有了。"

"这就足够了。"福尔摩斯的说话语气有些不太好。

"波勒特，我想今晚就会有结果了。要弄清一切，教授应在我们的视力范围内，我想你还是不要睡觉，要仔细观察。如果你听到了他经过你门口的动静，不要让他发现你，悄悄地跟着他，我和华生会藏在附近。还有，你说的小匣子的钥匙在哪里呢？"

"在他的表链上。"

"我想我们应将重点放在研究那个小匣子上，要是有突发情况，我们就弄开锁，宅子里还有其他强壮的男人吗？"

"有一个叫迈科费的马车夫。"

"他在哪睡？"

"在马厩的楼上住。"

"或许用得上他，我们只能做这么多，只有顺其发展。再见了，我想我们不用到明天早晨就能见面。"

快到半夜时，我们埋伏在教授家宅子对面的树林里，月朗星稀，但气温有点低，好在我们都穿着大衣。这时有小风吹过，云彩将月亮挡住了，我们守候在这个无聊的黑夜中，唯一能激励我们的就是那期待的心情，另外福尔摩斯说今天晚上一定会有结果。

"假如他真是9天一个周期，那今天他一定发作。这些事都表明一个结果：这种反常状况是从布拉格回来后出现的，与他秘密通信的那个伦敦的波希米亚商人或许代表了布拉格的一个人，他收到了商人邮给他的包裹。他为什么要用这些药，作用是什么呢？我想只要是和布拉格有联系就不难了，他所遵循的用药周期就是9天，这一点让我最为关注。不过他的表现很奇特，你对他的指关节观察了吗？"

我说我并没有注意。

"关节很大还有老茧，我从没见过。华生，看人要先看手，然后再看衣服和袖口、裤腿和鞋，他那奇怪的关节和某些职业有很大的关系。"

福尔摩斯一下用手按住了脑门。

"唉，华生，我真是太笨了，让我简直不能相信，但是那一定是这样，因为所有的疑点都证明这一点，我竟然没把那些问题的关系看出来。还有狗呀，藤呀！我看我得去我的梦里了。快看，华生，他来了，我们终于可以亲眼看看了。"

前厅的门很慢地被打开了，在灯光下，我们看到了穿着睡衣的高个教授。他站在门口，虽然是直着站着，但身体向前倾斜着，两只手在身前，和我们上一次见到他一样。

就在他走在马车路上时，却突然发生了一种很奇怪的变化，他把身子弯了下去，用手和脚爬了起来，并像动物一样跳跃着，似乎精力有些过剩。于是他沿着房子向前爬，到了头他就沿着屋角爬了过去。此时波勒特从房门溜了出来，在后面偷偷地跟着他。

"华生，快点来！"

我们就轻手轻脚地从树林中来到了另一个能看到他去的房子侧面的地方。那里能被月光照到，可以很清楚地看到教授。他在墙角下趴着，那里长的全是春藤。突然，我看到他身手熟练而有力地向墙上爬了起来，从这一根藤爬到那一根藤，抓得很紧，似乎真是精力旺盛在发泄。他的衣服开了，他就像一只贴在墙上的蝙蝠，黑黑的。

不一会儿，他似乎不想再玩了，又像原来一样从藤上降了下来，向马厩爬去，仍然像刚才那样。这时的狼狗似乎已感觉出什么了，开始大叫着，狼狗看见它的主人却叫得更厉害了。铁链被它拉得特别紧，非常狂躁，因此全身发抖，教授就在那只狗不能及的地方趴着，他把一块石头向狗的脸扔过去，拿了一根棒子去捅狗，还用手在张着嘴狂吠的狗面前晃来晃去，用尽各种办法使那只狗更加疯狂地叫着。在我的经历中还从不曾看见这样奇怪的现象，一个有地位、有自尊的人却在地上爬，而且用各种方法将狗气得格外疯狂。

这时，可怕的事突然出现了，狗脖子从皮圈中滑脱了出来。铁链刚落地，就看见人和狗已经厮打在一起了。狗大声叫着，人也在怪声尖叫。

教授被狗咬得差点死了，我们到了近前看见狼狗已用牙齿在他的咽喉处咬得很深，此时他已没了知觉。波勒特及时赶到，他大声地叫喊使狗平静了下来。假如他不来，我们就难于处理眼前的情形了。

马车夫被叫喊声惊醒了，他摇着头说："唉，我早就看过他这样惹这只狗，早就知道会出事的。"

将狗拴好，我们大家将教授抬到了卧室，波勒特和我处理了教授受伤的喉咙。虽然没有咬断动脉，却出了很多血。大约过了半小时，他才度过危险期。我给他打了一针吗啡，他昏睡过去了。此时，我们才松了口气，大家互相看着开始研究情况。

"我们得找一位很有经验的外科医生来看他。"我说。

"这不可以！"波勒特大声说，"目前这些事还只有家里的人知道，咱们几个都没有问题，但假如传出去的话，那么对教授来讲从地位、名誉上都有影响，另外还要顾及他女儿的想法。"

"的确如此，"福尔摩斯说，"我想，我们要做到保密。现在我们有了充分的时间和精力，就该不让事态再发展了。请把表链上的钥匙拿来，迈科费你来看着教授，情况有变化赶紧告诉我们，我们去看看那吸引人的匣子里面究竟有什么？"

里面的东西并不多，不过足以说明问题，里面有一个小空瓶，有一瓶还满着，一个注射器，还有几封一看就是外国人写的信件，发信地址都是商务路，却没有写"朵拉克"的名字。里面装的是刚刚收到的药品清单和货款的收据，但是还另外有一封信在里面，看上去写字的人很有文化，贴的是奥地利的邮票，还有一个邮戳是布拉格的。

"这样就好了，有证据了！"福尔摩斯一边拿信纸一边叫到。

内容如下：

尊敬的普莱斯伯利先生：

从您来我这里以后，我就一再考虑您的事情，尽管这种特殊情况需要改变，不过，我还是应该小心行事，因为过去的治疗结果表现出了此药的危险性。

类人猿的血清也许有很好的效果，不过正像我说的适用此药的是黑面猿，黑面猿擅长爬行和攀援，而类人猿却是直立行走和人类相仿。

我劝您还是要小心谨慎，千万不要在此法没有成功时就向外公布。英国还有我的一个客户，这些全部都是朵拉克负责，他是我的经纪人。

请每周将疗效按时告之。此致崇高的敬礼

H.洛文斯坦

原来是洛文斯坦！我想起有报纸曾有报导：有一位没有公开姓名的科学家正在用很怪异的方法实验返老还童的药和长生不老药，这一定就是布拉格的洛文斯坦。他有一种医学界禁止使用的血清，不过他从不公开。我向他们介绍了一下这个情况。

波勒特就拿了一本书柜上的动物学手册，读了出来："黑面猿，喜马拉雅山麓大型黑面猿猴，它是最大型爬行类的类人猿。这里还有详情，多亏你的帮忙，我们才找到了根源，福尔摩斯先生。"

"不过真正的原因是教授那很不合适的爱情，这让脾气急躁的教授想到只有恢复了年轻人所特有的样子才行。假如这个人要违背自然规律，那他就会遭到惩罚，即便是最高等的人。假如离开了人类社会，那么就和动物一样了！"

他看见手中的这瓶透明的液体，坐着想了一会儿，说："我会写信告诉那个人，我觉得这种毒药让人使用是构成犯罪的，那么我认为这件事就结束了！但还是会有这样的事再发生，因为还会有人能想出更高超的方法，同样它是危险的，这无疑构成了对人类的威胁。华生，你想想，追求物质享乐、看重官运的人利用它延长了毫无用处的生命，而那些崇高的精神信仰者却不愿违背自然规律。这样一来，不适者反而生存下来，整个世界不就成了一潭脏水了吗？"

突然福尔摩斯从椅子上站起来了，不再幻想。

"波勒特先生，现在一切真相大白了，狗比人更早地发现了教授的变化。因为教授身上散发的味道能通过狗的鼻子嗅出来，它咬的不是教授而是猿猴，就好像是猿猴在逗狗一样，而不是人在逗狗。那么他到女儿的窗口是他的本能发作时即攀援时无意做的事。噢，华生，早上有一趟去伦敦的火车，不过还是让我们去旅馆喝了葡萄酒再说。"

狮鬃毛

我在退休之后，如愿以偿地实现了我多年的夙愿。远离了那热闹嘈杂的伦敦，去了幽静的海边。那段日子，生活得无比平静，让紧张多年的头脑有了休息的好机会，但是我还是没有摆脱这个社会。让我在晚年生活中又要面临一次难题。为了对社会负起微薄的责任，我又开始了我的本行——替死去的人申冤。

这个案件很奇特，假如我和华生在一起的话，那么他会把这个故事说得非常有吸引力而且趣味十足，满足大家的好奇心理。不过他工作很忙，退休以后我就很少和他在一起，所以只有我来讲这件案子了。我没有华生的文学素质，我只要能将案子的原本说出来就很高兴了。下面我如实将此案叙述给您听。

我家住在莱赛克斯山脉的南面，从那里可以看到广阔无垠的海峡。这里的海峡和海滨有区别，都是比较陡的悬崖，要想和大海更近些，就要沿着一条小路走下去。这条路弯弯曲曲又不平坦。海岸线有10英里长，海的面积很大，却只有一个叫做福尔沃斯的小村在这里。这里的海滩有很多小坑，涨潮以后海水就填满了那些坑。

我比较喜欢安静，我和我的管家两人住在一个很大的房子里。有时屋子会有可爱的小蜜蜂在叫，增加了一些情趣，使这里显得更加幽静。史泰赫斯迪先生就是我在这里认识的，我们相处得很好。他在离这里不远的地方办了一所很有名的学校，主要是对职业选择不同的学生进行训练。学校规模较大，和外界有一圈围墙隔着，有很严格的纪律，学生和教师的素质很不错。史泰赫斯迪是一个全方位人才，在剑桥大学上学时很出名，人们都知道他是划船的好手。

夏天的晚上刮了一阵海风，使海滩上的小坑充满了海水。到天亮时，就全部正常了，空气自然清新，就连习惯在屋里久居的人都想到外面走走。早饭后，我就出去散步了，去呼吸呼吸新鲜空气，看一看被狂风吹袭后的景色。我走在那条羊肠小路上，我听见我的好朋友史泰赫斯迪先生在叫我。

"你好，福尔摩斯先生！我想我们会见面的，相信你也是来享受这美景的。"

"你是不是利用这个好机会来旅游的呢？"

"难道你不去吗？"他说，"我已落后于人了，迈费逊已经来好久了，我们去找他吧！"

我知道富兹罗伊·迈费逊先生，他在史泰赫斯迪的学校里做教师，我们是因为都喜欢游泳而逐渐熟悉的。他是个很杰出的人，对于体育运动很有天资。假如他没有心脏病，身体健康，我想他会是一个很优秀的运动员，即便这样，他身体还是超出一般人的。

我们正在说他，突然在小路的那端看见他慢慢向这边走来，看样子走路很吃力，快要摔倒一样，但他还是大叫一声倒下了。

我们赶紧走上前将他扶起，不过他已不能再站起来了。看起来他好像要死了，目光也没有了光彩，脸呈青色。他用非常小的声音说了几句话，其中我只听到了"荆麻刺"三个字，说完只见他身体猛地一抽，就瘫软了，然后就死了。我始终不明白他说这几个字是什么意思，或许我听错了，不过无论如何它都很重要，它是这件事的重要线索。

我的朋友被这毫无思想准备的事吓得不知所措，而我因为职业的敏感性马上就意识到这个案子的严重性。又一个离奇的事发生了。我将尸体很快检查了一下，他穿着裤子和鞋，但没有系鞋带。让我们更为吃惊的是他身上的伤，后背上有互相交叉很细很密的用鞭子抽过的痕迹，并且伤口很深。脸因为痛苦而变形，被咬破的下唇流着血。这个凶手真是残忍。

我一边给死者检查一边想这件事，而史泰赫斯迪却傻了一样。这时我感觉有个人来了，是伊亨·默都克，他是数学教师，他性格怪异，不愿意和别人来往，向来是自己一个人，身边其他的事好像和他没有关系。他就和毫无趣味的数学亲密，就是这瘦高个的脾气却让我们大吃一惊。

有一回，迈费逊非常喜欢的狗扰乱了他的宁静，一气之下他居然把狗从窗口扔了出去。这件事很偶然，不过史泰赫斯迪却很生气，觉得他毫无人性，假如他没有才干的话就要辞退他了。可是就是这样一个如此冷漠的人竟然也被死者惨不忍睹的样子震惊了，这和他们生前的关系是相反的。

"噢，天呐！真是太可怕了，我可以为他做点什么吗？"

"你刚才有没有和他一起游泳呢？"

"没有，我从学校刚出来，来到这才知道发生的事，我被一些事给耽误了，出来得很晚。"

"好，那你赶快去福尔沃斯报案！"

他听完后立即用最快的速度跑了去，我不得不接了这宗案子，与此同时，我已开始办案。我想最初应弄清有什么人在海滨，我向下一看，整个海滩全部呈现在眼底，没有人。很远的地方有两三个人，和这件案子也没什么联系。我沿着路向下走，寻找着线索，在路上只看见了两排脚印，这很明显是死者来回走时留下的，还有一些手掌印和下陷的小坑证明迈费逊向上面爬时一定非常艰难。摔倒、跪下，再用尽力气站起来，这样看来今天早上这条路只有他自己走过。由于狂风的吹袭，海滩上形成了一个湖。迈费逊想要在此游泳，而且也脱了衣服，因为我看见了他没有穿鞋的脚印和在岩石上的毛巾，不过毛巾是干的，显然他还没下水，这时悲剧就发生了。

我遇到了有生以来最难的案子，迈费逊来海滩时间很短，而后面就是史泰赫斯迪先生。迈费逊来到湖边准备下水，他脱下衣服，但是他却没想到会有人狠毒地用鞭子抽打他，他用尽力气穿上了裤子，离开了那可怕的地方。看来凶手早已等着迈费逊到此，动作很快，干完就迅速离开了。可是他会去哪里躲藏呢？峭壁上有洞穴但很浅，阳光照着，不能躲在里面；远处虽有人影但很远，不可能走那么快，时间不够。海上有几艘空船，问一问或许能发现，但希望不大，情况就是如此。

当我返回现场，已有好几个人了，默都克已经报警，警察爱德森来了。他看上去很结实，动作虽不灵敏，却很机警敏锐。他记下了我们看到的情况，然后叫我到旁边说话："福尔摩斯先生，假如让我独立破这个案子，我想我能力不够，我知道你聪明机智，真希望能得到你的帮助。假如我在这件案子上没处理好，那么上级就会处罚我。"

我对他说："我很高兴帮助你。"这只为了他一个人。我让他把他的上司和法医叫来，在此之前保护现场不要动其他东西。接着我检查了死者的衣服，我从他的衣兜里找到了手帕、刀子及名片夹，里面有一张便条，看字迹像是女人写的：

> 我一定会准时赴约。
>
> 茉莉

想必茉莉是迈费逊的情人，不过猜不出他们在何时何地幽会。警察将纸条和其他杂物放在一块，然后又放在了死者的衣兜里。至此基本情况就是这样，我在这里待着也没什么必要，在回家之前，我告诉警察要仔细搜查海滩。

几小时后，史泰赫斯迪先生向我汇报新的情况，已经将尸体运回学校并在检查，在海滩现场和周围的检查结论和我的判断一样，没有什么线索。此外，在迈费逊的书桌里发现了几封情书。与之通信的人和福尔沃斯村写纸条的小姐是同一个人：茉莉·贝哈尼。

"可以肯定这两个人在谈恋爱，"他说，"虽然我并不知道信里写了些什么，因为信被警察拿走了，不过我想他们是认真的。除了这张纸条，这件案子和他们的爱情有什么关系呢？"

"没错，谁也不会把约会安排在他经常游泳的地方。"我说。

"多数情况迈费逊会和几个学生一起游泳，不过今天早上有事，才没有和学生一起去。"

"有这么巧的事吗？"

史泰赫斯迪仔细将今天早晨的每个情节都回忆了一遍说："默都克今天早晨坚持一定要讲完课才吃饭。这就是为什么那么巧合，但是他在这事上表现了深深的同情。"

"我听说原来他们相处得不好。"

"过去是的，那只因为一只狗。可是一年以来他们关系不错，那默都克好像还从没与别人如此亲密，你知道他这人怪里怪气的。"

"是不是因为狗吵架的事让他们结了怨呢？"

"不可能！这么点小事何至于此，我想他们是真诚的。"

"另外，我们说一说那个写信的女孩，你讲一下她的情况。"

"因为她很漂亮，所以在这里很有名，有很多人追求她，迈费逊就是其中的一个。不过我倒是不知道他们在谈恋爱。"

"她的家庭怎样呢？"

"汤姆·贝哈尼是她父亲，原来是捕鱼的，现在有了村子的渔船和游泳场的更衣室，变得很有钱了。另外，还有一个儿子，叫威斯特姆。"

"我想去他们那里看看。"

"找什么借口去呢？"

"这个问题不难。在这个很少有人出入的地方，迈费逊不会和太多人来往，我们将与他来往的人分析一下，一定会有线索，这样就能找到那个凶恶无比的杀手了。"

福尔沃斯村在一个海湾中，景色宜人，风景秀丽，可是早晨的惨案让我心情很不好。汤姆家的居所很现代化，这说明他在村子的地位很特别，不用史泰赫斯迪说，那个和其他房子不同的宅子一定是我们要去的汤姆家。

史泰赫斯迪对我说："这座房子是用青石绿瓦盖的，这让贝哈尼很自豪并且他还给房子取了'海湾山庄'这个名字。"

我向前看去，碰巧有一个很瘦的人从山庄里出来，是默都克。这让我很疑惑，我们没一会儿就又碰面了。

"你好！"史泰赫斯迪向他打招呼，但是他看上去并不热情，甚至没有一点友善。不过史泰赫斯迪仍旧问道："你去山庄做什么呢？"

"这和你没关系，就算你是我的上级也无权干涉我的私事。"显然默都克很生气，因此对我们很不友好。

史泰赫斯迪一听这话非常愤怒，他向来很有修养，一向能控制自己，但此刻可能是因为今天事情发生得太多的缘故。

"默都克先生，你真是太没有礼貌了。"

"你说的话也不怎么样。"

"你这人没有办法相处了，既然是这样，请你另谋高就吧！我这里养不了你这样的人才。"

"你以为我会喜欢待在这个地方吗？我不是为了你才在这里工作的。"

默都克很恼火地走了。

史泰赫斯迪被气得喘着粗气："这个家伙快气死我了。"这样一来，他在短时间内是不能平静了。

我劝了他几句，假如带着恼怒的心情去调查情况就不好了，他慢慢地恢复了情绪。究竟默都克在这里起了什么作用呢？他利用报案机会离开了现场，让我不得不把他牵扯到此案中。

我们在外面等了一会儿，贝哈尼先生亲自来见我们，他是一个看起来有力气的粗壮人。年龄不大却长着络腮胡子，因此便多了几分野性。他似乎也很不平静。

"我对迈费逊的死一无所知，也没有什么要告诉你，我们家人不希望茉莉和迈费逊来往，我不赞成迈费逊那样做。还没有正式向我女儿求婚就带我女儿出去玩乐，茉莉是个好女孩，我一定不会让她受人欺骗，我要让她安全。"

正在这时茉莉小姐来了，贝哈尼先生不再说话。她非常美，美得让人惊叹，这样的相貌与她的出身并不相称。虽然我不会被漂亮的外貌所迷惑，可是值得一提的是她那红润细腻、美丽动人的脸，真的会让青年人动情，这种女人一定会有很多事情缠身。

她进来后说："我已知道他死了，我求您告诉我真相。"

"刚才来的那位先生已经告诉了我们这个消息。"她父亲说。

"我妹妹与这件事没有关系，你不要缠着她。"她的哥哥坐在角落里，怒气冲冲地向我们喊着。

茉莉说："闭嘴！威斯特姆。这与你无关，请你让我自己来。他肯定是被谋杀害死的，迈费逊是个好人，没有人与他结仇，我一定要将事实弄清，让他死而瞑目。"

于是，史泰赫斯迪将发生的情况向她详述一遍。茉莉并没有因此而痛不欲生、不知所措，相反却非常理智和坚强。我想她或许在想怎样破案。我对这位漂亮而又遇事不慌的女人非常佩服，她给我留下了很深的印象，此时，她可能知道了我是干什么的。

她对我说："我真切地求您尽快把凶手找出来，福尔摩斯先生，无论什么时候我一定会全力支持你，迈费逊会在另一个世界感谢你的。"她说话的同时看了她父亲和哥哥一眼，好像此话不只是说给我听。

"你说的话，我听了很感动，茉莉小姐。"我说，"迈费逊一定很幸福快乐，因为有你这样的姑娘爱他。我的确希望得到你的支持。"

"迈费逊先生身体健康，反应灵敏，只是他的心脏不好，其他没有什么事让他发愁，所以我想在那么短的时间内别人不会那么容易将他伤成那样。我想，凶手不会是一个人，并且还会有很独特的作案工具。"

这是一个有自己见解的女孩。

我说："我可以和您单独谈一会吗？"

她父亲非常恼火地说："请您别打扰我女儿。茉莉你不要与这件事扯上关系。"

"我能替您做些什么呢？"茉莉对他父亲的话完全没有理会。

"既然这样，我们在这里说也无妨，正好让这里的人都研究研究，这件事反正不是什么秘密了。"我说，"我在迈费逊的衣兜中发现了这张纸条，你能说明一下吗？这对破案有帮助。"

"我没什么可以隐瞒，我可以说明。"她答道，"我们已有婚约，我们的交往是正大光明的，这个婚约没有公开的原因就是涉及富兹罗伊的继承权，因为他那个快要死的叔叔说假如不照他的意思去结婚，那么就把富兹罗伊的继承权给取消了。"

"你竟敢和那个人暗地里订婚？"贝哈尼先生怒气冲天。

"既然你不同意我们的事，我又何必告诉你呢？"

"他是什么地位，他根本配不上你。"

"就是这样我才没有告诉你，那纸条的事并不复杂。"她又拿出了一张纸条，"这是他约我见面的纸条，这是证明。"

> 亲爱的：
> 傍晚我在老地方等你。你一定要来。

"就是今天傍晚，不过现在说什么都没有用了。"

"那么谁负责给你们传递纸条呢？这张纸条不是邮来的。"

"我觉得这个问题我可以不回答，我认为这点并不重要而且也和本案无关。"

接着我又问了些关于他们的事，她都回答了，而且很详细，不过这些情况大都没什么用。从她说的来看，迈费逊人很不错，没有什么仇敌，不过不能保证其他追求者不会做这种事。

"那么默都克先生也是你的追求者之一吧？"

听完后，她的脸色有些变化，这次我知道我说对了。

"的确，有那么一阵他追求过我，不过，我和迈费逊彼此相爱，他知道后就不再缠着我了。"

这使我对那个性格怪异的人更为怀疑，史泰赫斯迪对此表示赞成，因此我说想偷偷看看那个怪人的房间，他自己要求去完成这事，我们取得了一点收获，排除了这个疑点。

史泰赫斯迪检查了房间却没有任何发现，验尸报告也不能确定死因。于是我去出事地点搜查，却仍然什么都没有发现。这个时候让我觉得自己很没用，而且迈费逊的狗出了一点问题。

我是从管家那儿听说了这件事。管家喜欢听收音机，因为从那里可以知道乡村的奇人怪事。我倒不太听那些，因为我觉得没意思。

"噢，又一个不幸的事发生了，迈费逊的狗死了，福尔摩斯。"

原本我不愿和他讲这些没意思的事，但是狗主人的名字却让我立刻发生了兴趣。

"究竟是怎么回事啊？"

"迈费逊那只忠于主人的狗死了。"

"有可信的证据吗？"

"大家都传遍了，还要什么证据呢？听说那狗不吃也不喝，跑到主人那里，后来就在那里死了，今天早上学校的学生们发现了它。"

"又是那个地方。"我心中疑窦顿生，因为主人的死，动物绝食致死倒不稀奇，但为什么要死在同一个地方呢？或许狗太想念主人，因此沿主人原来的踪迹到了海滩，可为什么到那里就死了呢？因为什么而死呢？凶手不可能连一只狗也不放过吧？我应该亲自去看看那只狗。于是我来到学校，将我的来意向史泰赫斯迪先生说了。他便找到那两个发现了狗的学生让我问话。

学生都说是在湖边看见死狗的。

我又亲自去检查了一遍那只狗，它身体紧缩，眼珠向外突出，四肢已僵硬，显然是痛苦而死。

从学校里出来，我不自觉地向游泳场走去，我要再仔细去看一看，或许我会在那个环境中寻找到灵感。太阳下山了，天暗了下来，湖面的水有些暗暗的光反射出来，水面平静。没有什么迹象不对头，这里没人，在光线较暗的情况下，我看出了小狗的足印是在迈费逊放毛巾的岩石周围。我的思路仍然像那湖水一样毫无波澜，我真想能有一些浪花，给我一点线索。我被这没有结果的寻找弄得很难受，我一个人在这个让人害怕的地方感觉像死了一样。

于是我往家走去，猛然我在自己杂乱的记忆中找到了我正要找的东西。过去为了使自己办起案来能多角度考虑问题，我就像吃饭一样，学习了多方面的知识，有天文地理、人文景观等，虽然都涉及不深，不过对于我的工作也起到了很大的作用，可是因为头脑中的知识没有分类，没有条理，要用的时候想起来很费力。我有一种很离奇的想法，但苦于没有我想找的东西而不能确立，现在没问题了，只要能将我的想法验证一下，看对不对就行了。

我回到家直奔阁楼，那里装满了我曾用过的各类书籍。找了很久，我终于把这本书找到了，这里面的一章有一个离奇的故事是我要找的，但是我却不完全肯定这件案子和书上的事有没有什么联系，还要在明天做个实验才能有结果。

第二天早晨，因为苏赛克斯郡的贝德尔警官的突然到来，把我想好去海滨的时间占用了。他看上去人很老练，富有经验，他来向我探询几个问题，他说："我今天是向您请教问题的，对于迈费逊的案子让我很为难，不知如何是好，我不能用我仅有的一点智力将它解决。"

"你是说默都克先生吧？"

"对，从各方面的情况来看都说明他是最大的嫌疑人，因为这里人口少，所以这点并不难看出来，而断定是他却没有证据。"

"没错，你不能控告他，因为你没有证据。"

这个警官原来和我有一样的想法，默都克个性怪异，又因为小狗和迈费逊有矛盾，还有两个人都爱上了贝哈尼小姐，既然和迈费逊有诸多矛盾，他很自然就被怀疑成凶手，警官又说默都克要离开这里。

"他是嫌疑最大的人，我们怎么能让他离开呢？但我又没有办法阻止他。"这个警官为这事急得不得了。

"疑点的确不少，不过想法却不能成立。在出事的时候，他在学校给学生上课。等他从学校方向来到现场时，迈费逊已经死了，何况他自己决不能把迈费逊打成那样，因为时间很短，现场又没有厮打的痕迹，迈费逊会心甘情愿挨打吗？另外，我们又没有凶器的线索。"

"难道不是用鞭子吗？"

"我们没有找到鞭子，当然就不能断定是用鞭子。"

"你有没有观察伤口——认真的？"

"是的。"

"我用放大镜观察的伤口，我看这不是普通的伤。"

"有什么与众不同的地方吗？"

"你看看这张照片，它会让我们把问题搞清的。"

"我真是很佩服你，福尔摩斯先生。"

"一个侦探应该具有这种能力，你好好看看右肩的伤，有没有看出什么来呢？"

"看出来了。"

"这条伤痕和其他的地方深浅不同，有很多出血点，这和鞭伤有区别，这意味着什么呢？"

"我想不出来。"

"我有一个假想，但要证明才行。"

"我也有一个想法，但不够成熟。假如将一张编得很细很密的网加热再扣到后背，每个出血点就是交叉点。"

"也有可能，我想会是很多根的皮条合编的一个鞭子，上面有很多尖刺。"

"你的想法比较科学合理。"

"但或许是别的原因。现在你不能将默都克抓起来，死者在最后说的话还不能解释呢？"

"我想，您一定有独特的见解。"

"是的，我现在还没有证据，等证实了以后我再告诉你。"

"那需要多久呢？"

"用不了太长时间，或许马上就可以。"

警官不理解地看着我："您想得很全面，先生，你是对渔船有怀疑吧！"

"那些渔船和这件案子无关。"

"你认为这件事是不是贝哈尼父子干的呢？他们对迈费逊特别讨厌，他们自己又很蛮横，野气十足。"

"这点你不用考虑，"我说，"我有些事需要办，假如你愿意，可以午饭后来这里——"

我还没有把话说完又发生了另外的怪事，但是这件事使得案子有了突破性的进展。

我听到外面的门被撞开了，接着又有摔倒的声音响起，原来是默都克。他看起来让人特别害怕，衣服零乱，脸看上去发青，并大口地喘气。

"白兰地！白兰地！"他叫喊着，因为体力不支而终于躺倒在地上。

接着史泰赫斯迪也跟了进来，样子和默都克一样狼狈。

"快拿白兰地！"他进来也叫着要酒，"他快不行了，在路上他就晕了两次。"

默都克将一杯白兰地迅速喝了下去，这让他有了些精神，他忙乱地扒下衣服叫喊着："我快不行了，快救我，怎么样都行，这样的疼痛我实在受不了了！"

他背上的伤和迈费逊的伤一模一样，像鞭打的网状伤痕，这让我们都非常吃惊。

看到他那痛不欲生的表情让我想到了迈费逊临死前的模样，他们是一样的，呼吸好像就要停止了，脸色变得铁青色，好像一定要把心脏抓出来一样痛得不行，他可能随时会死掉。我们还是让他大量喝酒，并在他的伤口上抹菜油。慢慢地他不再像刚才那样痛苦。过了很久疼痛消失了，可他已经累得一点力气都没有了，昏昏地沉睡在沙发上，我们都轻松了许多，因为他脱离了危险。

到目前为止，仍然不明白整个事件的真相，史泰赫斯迪很诧异地说："怎么会又出现一样的状况呢？我真是受不了了。"

"你在哪儿发现他的？"

"在迈费逊被害的地方，在路上他就要不行了。好在他的身体很健壮，特别是心脏状态要比迈费逊好很多，不然他也活不成。为了救他，我没有办法才来找您。"

"你看见他时他在哪里？"

"我是先听到他的大叫，异常地叫，接着我就看见他在湖边，马上就要不行了，我赶快跑过去帮他穿上衣服就到这来了。求你快点把那个狠毒的家伙抓住吧！简直让人不能再忍受了，假如您也毫无办法，那么我们又该如何呢？又怎能在这过太平安乐的日子呢？"

"你不要着急，我有解决的办法，我们现在就去抓凶手。"

将默都克安置好，我们就去了那人见人怕的咸水湖。我们在石头上看见了默都克的毛巾和衣物。接着我仔细观察湖面，在湖的边缘绕行。他们紧随我的身后。湖水并不深，可是在峭壁下的水却很深很清，在这里游泳很不错。我在一排很大的石头上观察水的底部，我忽然看到了我要找的东西，我高兴得大叫。

"快来看，这就是凶手——氰水母！"

猛然一看，这个怪物就像石头一样，我把一大块石头推到了水中，当湖面的水平静了时，那个凶手已被大石头砸死了。不一会儿，那怪物的身体有一股好像油样的东西流了出来，把水染了一大片。

"这是什么呀？我可是从来都没见过，这里似乎没有这样的动物。"警官是当地人，他很好奇。

"这当然不是当地的动物。可能是随海风从别的地方吹向这边，又漂到了咸水湖。就是这样，好了，让我们去我家喝一杯咖啡，我再给大家讲一个故事，也就是这个故事让我突然明白了。那的确是个让人不能忘记的故事。"

我们回到了我的家里，此时默都克已有所好转，但后背仍然不停地疼，弄得他无力说话。但他还是咬着牙把情况简单说了一下，其实归根结底，他还不知道是怎么回事，他只是感到身上特别痛，接着就向岸上拼命地游。

"我有自然学家基格沃德写的一本书，书名叫《户外》。书里讲述了作者在海上遇到了这种动物，差点没命。事发后他就把这次事故详细地记录了下来。这种动物有很强的毒素，假如被刺着，那么全身很快就会扩散毒素。我把其中的原文念一念：'氰水母，形状像一团乱麻，毛茸茸的，外形呈圆状，褐色，是种很厉害的螫刺动物。'

"接着他就把在垦拓海滨受伤的情形写了下来。这种动物的纤维有很强的拉伸性，让人不能防备，就算在远远的地方也能置人于死地。

"'那些纤维都在身上缠绕着，每一根都能在它触及人体后留下像鞭打一样的痕迹，而且还有出血点。'

"'不单只有被刺的地方疼，它会使全身都痛，特别是胸部。心脏的跳动不再正常，一会停下来一会又猛地跳起来。'就算他是在很远处被刺伤的，那也会很痛苦，中毒后会感觉呼吸不畅，脸色惨白，胸口就要被撕开一样，他喝了大约一瓶的白兰地才将性命留住。这些和迈费逊的症状一样，好了，到此已真相大白。"

"同时也就证明我无罪了，还了我的清白，不过我并不怨你们，毕竟你们是对工作认真负责才会如此的。假如我没有碰到这件可怕的事，我想我还会被误会。"

"不，你说错了，其实在昨天我就知道了答案，假如今天早晨警官不来找我，我一早就会去咸水湖了。"

"你又是如何知道这种让人害怕而又怪异的动物呢？"

"因为职业的要求。我对一些怪人怪事很有兴趣，所以脑子满是抽象而又没有头绪的知识，迈费逊临死时说的"荆麻刺"一直令我感觉似曾见过，我想可能迈费逊曾见过这种动物，因此临死前用'荆麻刺'来告诉我们那里危险。"

"我想我得走了，但是我走之前，我要说明一点，我和茉莉小姐还有迈费逊三个人的关系。我的确喜欢过那个让人迷恋的漂亮女孩，但是我知道他们俩之间的爱情后，我就不再有非分之想了。相反，我还在心中祝福他们，因为只有他们幸福我才有快乐可言。另外，我还负责给他们传递情书。这件事你们也问过茉莉。在事发后，我就把这事告诉了茉莉，我怕你们会去盘问她，让她不能接受，她之所以没有说出来是为了使我不受牵连。我说完了，我要回学校了，我要好好休息休息。"

"等等我，让我们一块回去。"史泰赫斯迪向默都克主动说了话。

"就让我们将过去一切不高兴的事和痛苦的事都忘了吧！我想我们今后会是好朋友了。"他们俩言归于好，高兴地走了。

警官好像对这始料不及的事没有理清头绪。

他把眼睛瞪得很大，说："福尔摩斯先生，您真是太伟大了。以前是听说的，现在自己见到了，真是不简单。"

我向来对那些别人说的好话不放在心上。

"我也被一个现象给骗了。那就是我以为毛巾是干的，迈费逊就没有到水里，假如我能早一点将这点想出来，这件事就会简单明朗一些，无论如何我还是做错了，原来一向是我拿别人取笑，现在我也该被你们取笑了。"

戴面纱的房客

福尔摩斯先生有着23年的侦探经历，其中有17年我与他合作，并记录案情。因此，我有很多破案材料。相对我来说，查这些资料并不难，只是存在如何选材的问题。

我房间里有个书架，上面摆着一些记录本和公文递送箱，里面装满了文件，是对犯罪有研究的人也好，还是对维多利亚政府后期的政界人物丑闻有发现的人也好，这里可以说是他们最完整最真实的资料来源。对于一些很着急写信的人都是属于后者，他们请求将这些事保密，以免有损家庭的形象和威望。但他们的担心完全是多余的。

福尔摩斯的职业道德绝对令人放心，他为人高尚且谨言慎行。在对一些案件的选择上也和我一样，不会辜负别人对他的信任。但是有些人仍然要偷取并毁掉这些东西。对于这样的事，我当然是坚决反对的。是谁在做指使者，大家都知道。在这里，我以福尔摩斯的名义郑重将它们公布于众，对于这些，我想至少有一个人心里清楚。

我在记录案件情节时，曾经很努力地把福尔摩斯的观察能力和直觉表现出来，但这并不能让我们每一次在破案过程都能用上智慧和才能。有时他也需要费神费力地去想，才能破案，但有时却也很容易地就将案子破了。那么，那些悲剧多是因为没有他的参与而得不到申冤。

下面我要说的这个案子正是这样，在下文中，我将人名和地方的名字做了一下改动，但内容如实记录。

1896年年末的一天上午，福尔摩斯给我写了一张看起来写得匆忙、很急的便条，让我立刻去他那里，我很快就赶去了。屋子里烟雾缭绕，在他的对面坐着一位年纪很大但很可亲的女人，很胖，看似像位房东太太。

"华生，这位是梅睿洛太太，住在南布利克斯顿。"福尔摩斯说话时挥了挥手，"她要讲一件很有意思的事。如果事情要继续发展，那你就有机会参与了。"

"只要我能办到的——"

"梅睿洛太太，假如我去洛德尔太太那儿，我想我应该带个证人去，所以在我们去那之前，我希望您能让她有所了解并同意。"

"噢，福尔摩斯先生。"这位女士说，"她很迫切地希望见到您，您带多少人去她也没有意见的。"

"好，我们今天下午就去您那里。那么在我们去之前先将这些事有些了解，也好让华生医生有所了解。您说洛德尔太太在您那儿住了有7年之久，但您却只看过她的脸一次。"

"唉，真希望我一次也没看过。"她说。

"那我想是不是她的脸被严重地毁容了呢？"

"唉，先生，那根本不能算得上是脸了，她的脸特别吓人。那一次，她在楼上的窗子向外看，但却被一个送牛奶的工人无意间看到了，他被吓得将牛奶桶都扔了，洒得前面花园到处都是牛奶。我也很碰巧地看见了她的脸，非常可怕。于是，她赶忙将脸蒙上面纱说：'您该知道我为什么要戴面纱了吧，太太！'"

"您对她的过去了解吗？"

"不，一点也不清楚。"

"在来租房子时，她给您看过有关她的证件吗？"

"先生，没有，她预付了许多租金，差不多一个季度的房租都给了，而且还不商量价格。像我这样的穷人，何况又是在现在，我又怎能将这个机会放掉呢？"

"她说过租您房子的原因了吗？"

"我那里很安静，因为离公路远，另外我只收一个房客，我自己也没有别的亲人，我想她一定租过别人的房子，但比较而言，还是觉得租我的房子最好，她只想要独居，但也很舍得在这方面花钱。"

"您刚才说她露了一次自己的脸，还是很偶然的一次，这件事可真是从来没有听过，怪不得您要调查呢！"

"不是我想调查，我只希望能按月得到房租就行了，她从来都那么安静，不闹事，也不给别人添乱。"

"但是，后来又出事了吗？"

"对，先生，是她生病了。她的身体每况愈下，我想她一定有许多事藏在心里，也经常喊'凶手！凶手！'还有一次我听她喊：'你是魔鬼，你好狠心。'那天晚上，她的叫声让我很害怕，喊声在房子里回荡。

"第二天一早，我就去劝她：'如果需要帮助就去找警察或者牧师，怎么样？'

"她说道：'不，不要找警察，牧师也不能将过去改变。'一会儿她又说：'我想在临死前将这件事说清楚，或许我会心里会好受一点。'

"我说：'假如您不想找警察，那就找那个报上的什么侦探吧！'噢，对不起先生。"

"而她听了以后特别赞成。'就找他，'她说，'真是奇怪，我怎么没想到他呢？您让他来我这里吧，把他带来。假如他不想来，您就告诉他我是马戏班领班洛德尔的太太，请再把这个纸条给他，上面写着'阿巴斯·帕尔瓦'。如果他是知道我的人，他一定会来见我。"

"我一定去。"福尔摩斯说，"不过我想和华生医生谈谈，大约在吃早饭时结束，这样，我只有下午才能去，3时左右，我们就会去您家了。"

客人走了，她走路的样子我只能用"摇摇摆摆"来形容。她一走出去，我的朋友便迅速去了屋角的书堆中，我听见他翻了好几分钟的书，接着就听到了很满意的自言自语声。看来他找到了需要的东西，因为激动他没有站起来，他似乎忘了自己坐在那里盘着腿像个很奇怪的佛，前后左右全是书，在他膝盖上也有本摊开的书。

"华生，当年这个案子就将我难住了，你看看旁注就明白了，其实我破不了这个案子，但我对于验尸官的结论又不相信，你记不记得阿巴斯·帕尔瓦惨案呢？"

"福尔摩斯，我没有印象了。"

"你当时和我在一起，不过我也记不太清了，因为当时没有结论，而且又没有请我帮忙，所以记忆有些模糊了，你想看看资料吗？"

"你给我讲一下要点吧，行吗？"

"当然可以，我一说你可能就想起来了。当时，洛德尔这个名字众所周知，他和桑格、福牧威尔是同行，也就成了竞争对手，桑格当时最具实力。在惨案发生时他已有酗酒的习惯，这里有证据证明，这样他和他的马戏班就开始退步了。

"有一夜，他们的马戏班在波克郡的一个叫阿巴斯·帕尔的很小的村庄住下了，这是在去温波顿的路上，因为那个村子很小，所以请不起马戏班子，他们就打算露宿一夜，第二天再起程。在洛德尔的马戏班中有一只雄狮叫'撒哈拉王'，洛德尔夫妻就将狮子关在笼中给观众表演，你看这儿有演出照，这个是洛德尔。当年他威猛高大，很胖，而他太太是一个十分美丽的女人。在调查此案时，有人说狮子当时已有伤人的征兆，但人们每天都和它接触就没在意。

"洛德尔夫妇每天晚上都去喂狮子，有时一个去，有时俩人一起去，但却从不让别人去喂。那是因为他们想自己天天给它喂食，狮子就会记住他们，感谢他们，不会伤害他们。就在7年前的那天夜晚，恰恰就是因为他们给狮子喂食时发生了惨案，至今人们仍不知详情。

"半夜，狮子的怒吼和女人悲惨的尖叫把马戏班的人惊醒了，他们提着灯笼从帐中跑了出来。在灯的照明下，他们看到了可怜的洛德尔趴在地上，后脑勺已经瘪了，并且有很深的爪印。离他不远的狮子笼门大开着，那边洛德尔太太仰面躺在地上，狮子正伏在她身上大声地吼着。她离狮子笼也并不远，她那美丽的脸庞已被狮子撕咬得没了面目，人们都认为她活不了了。

"这时，戏班中的雷洛多和格力斯带着几个人将狮子用棍子赶开，狮子就一跃进了笼子，人们急忙将笼门锁上了。至于狮子是如何出来的，谁都不知道，人们都猜测说，或许他们是要进笼子里面，但刚一开门狮子便扑了出来。但有一点让人搞不懂，当人们将她抬回去后，在昏迷中她一直在说着胡话'胆小鬼！你是胆小鬼！'大约过了半年，她身体复原了，能出庭作证了，而验尸早已进行完了，结论是事故性死亡。"

"难道说会有其他的可能吗？"我问。

"问得好，当时，波克郡警察局有个年轻的警官叫爱德蒙，他就觉得这案子有疑点，他是个聪明而有智慧的小伙子，但他后来被调到阿拉哈巴德去了。后来他来过我这儿，我们一边抽烟一边聊天，提到过这件事，因此我还记得这案子。"

"他长得很瘦，头发发黄，对不对？"

"没错。我想你会记起来的。"

"那么，他究竟怀疑什么呢？"

"唉，我们俩都有点疑惑，根本想不出当时的情况。还有那狮子，似乎是有人放它出来的。它离洛德尔只有6步，洛德尔转身就跑，狮子就在他后脑勺抓了起来并将他拍倒在地。但是狮子并没有继续跑，却反过来向在笼子不远处的洛德尔太太冲了过来，将她掀倒在地咬了她的脸，她好像在怪她丈夫不救她而大喊，但是她丈夫已经自身难保又如何救她呢？你现在知道这个案子有多么复杂了吧？"

"的确，很复杂。"

"另外，我现在说着说着才想起来。当时有人证明听到狮子吼叫声，女人的尖叫，还有一个男人很恐怖的叫声。"

"这个声音一定是洛德尔发出来的。"

"但是，假如他的头盖骨已经碎了，他是不会叫出来的，别人也就听不见了。但至少有两个证人都说听到了女人的尖叫声中也有一男人在喊。"

"我想人们听到尖叫声可能都跟着叫嚷起来，关于另外几个疑问，我有点见解。"

"我在认真听，你说。"

"当狮子从笼中跑出来时，夫妻俩在一起，大约离笼子10米远。狮子转过身去将丈夫扑倒在地，妻子就想躲到笼子里，因为那是唯一安全的地方，但是当她冲向笼子到达门口时，狮子却向她扑来，从后面将她掀倒在地。这样她才会说她丈夫胆小，如果他不跑或许狮子不会发怒，就算发怒了他们俩一起努力也能将狮子赶跑。"

"华生，你说得很不错，但有一个不足之处。"

"什么不足，福尔摩斯？"

"假如两个人都距狮笼有10米远，那么狮子又是被谁放出来的呢？"

"或许是他们的仇人干的吧？"

"但狮子每天都和他们接触，却又为什么如此伤害他们呢？"

"或许是他们的仇人设法将狮子激怒了。"

福尔摩斯不再作声，好久都在思考。

"对，这点你说得对，也就是洛德尔有许多仇人。爱德蒙曾说过洛德尔很结实并且很野蛮，特别是在酒醉之后，有人如果惹了他，一定得受到他的辱骂和毒打。还有刚才梅睿洛太太也说听到洛德尔太太夜里大叫'魔鬼',或许那是她梦见那个凶恶的丈夫了。不过,我们这些假设是没有用的,毕竟我们没有事实作为依据。噢,华生,有一盘冷山鸡在食品柜里面,还有一瓶白葡萄酒。我们得吃饱了才能去她那里办事。"

我们乘着马车来到了梅睿洛太太家时,看到了站在房子门口的梅睿洛太太,很明显,她堵在大门口是为了让我们明白她怕失去这个房客。因此在我们上楼前,她一再地请求我们不要令她失去这位房客,我们答应了她,让她放心,然后在她身后踏着一块有破洞的地毯来到了楼上。

这个房间大概由于主人很少出门而不能使空气流通,变得有一股很大的霉味。命运真是难以捉摸,原来是自己驯养在笼子里的野兽,现在自己把自己像动物一样关了起来。

屋子很暗,她就坐在那个角落里的一把破旧的扶椅上,或许因为长年不动的原因吧,她有些发胖了,不过仍然丰满美丽,可见当年一定更美。一层厚的深色面纱将她的脸盖住了,只剩下嘴唇以下还能看见她的嘴唇轮廓很美,下巴很圆润,可以想象过去她一定非常漂亮,就连声音也很柔美。

"我的名字您还有印象吧!福尔摩斯先生,我知道您听到我的名字就会来。"

"没错,夫人,可是我却不知道你怎么知道我对这个案子有兴趣呢?"

"噢,我听爱德蒙先生说的。我复原以后,他向我了解情况,但我并没有告诉他真相,如果我说实话也许是明智的选择。"

"对,你说得对,应该明智点,那你又为什么向他撒谎呢?"

"这个涉及一个人的一生,虽然他微不足道,但我不想那么做,何况我们曾经很要好。"

"但是您的顾虑现在没有了吗?"

"是的,先生,我所顾忌的那个人已经死了。"

"那么您怎么不把这些事向警察说呢?"

"那是因为我要考虑我自己。我不能让警察因为盘问我而弄得满城风雨，我的时间并不多了，我希望我能静静地死去。我想把这些可怕的事告诉一个让我相信的人，以后即使我死了，任何事也都没有疑问了。"

"太太，您太抬举我了，不过我还是很有责任感的，请原谅，我得告诉你，我必须将你的事情告诉警方。"

"我知道您一定会这样做的。这些年，我始终在关注着你的情况，对你的个性和为人有很深的了解。在我最苦的日子里，让我感到快乐的事就是读书，书让我知道了许多事情，但不管你如何处理此事，我一定要说出来，抓住这个机会，让自己安心。"

"我们会认真听您所说的一切。"

她从椅子上站了起来，从柜子里拿出一张照片。照片上是一个男人，他身体强健，看上去是一名专职的杂技演员，隆起的胸肌上两条又粗又有力的胳膊交叉放置，留着很密的胡子，微笑着。这种微笑是一个取得了多次成功的男人的微笑。

"这是雷洛多。"她说。

"是不是在法庭作证的大个子啊？"

"是他。而这个人是我丈夫。"她又拿了一张照片给我看。

这张脸看起来很可怕，像一头长着人头的野猪，浑身充满着一种可怕的兽性。可以想象当他暴怒时是怎样张着大嘴唾沫乱舞地大声叫嚷，另外他那小小的眼睛闪烁着恶狠狠的凶光盯着你时，该有多可怕。这张脸布满所有形容肮脏的字眼。

"这两张照片对于了解我的故事会起到一定的作用。我很可怜，我是从小在马戏班的废旧物中长大的，还不满10岁我就开始跳圈。后来我长大了，我的丈夫爱上了我，假如他的那种情欲算成爱的话。接着我就不得不成为他的妻子。自从那时起我的不幸就开始了，他就像魔鬼一样，每时每刻都在折磨着我这个生活在地狱中的人。戏班的人对我都很好，可怜我。他因为有了别的女人就抛弃了我，我不能埋怨，否则他就会把我绑起来用马鞭抽我。大家都很怜悯我、恨他，但都不敢惹他，都怕他。他喝醉以后任何事都干得出来，他因为出手打人和虐待动物被传讯了很多次，但他有钱，罚款又算什么呢？好演员都离开了这儿，马戏班也就慢慢地完了。只有雷洛多、我和小丑格力斯还待在这里维持着生计，但小丑格力斯又没有什么可让人快乐，不过他仍然很努力。

"后来，雷洛多慢慢和我走近了。你们已看过照片了，他那么英俊却又那么胆小，当然那是我以后才知道他的懦弱。但是如果将他和我丈夫对比，他对我来讲无疑是上帝赐予我的礼物。他同情我，给我支持，后来我产生了一种炽烈的感情——爱情。那是我期盼已久却不敢奢求的爱情。我的丈夫对此有了注意，但因为他惧怕雷洛多而不敢挑明，于是他就加倍地虐待我，用这种方式报复我。终于有一天，因为我被他毒打，惨叫声使雷洛多来到了我们的篷车门口，接着他们差一点造成惨剧。我和雷洛多都感觉这场战斗早晚要发生，况且我丈夫那样的人又不该活下去，于是就开始了我的计划。

"雷洛多很聪明，他将一切都安排妥当。我不是为了逃避责任才这样说，我向来都愿意听他的，我是不会想到那个聪明的办法的：雷洛多做了一根棒子，找了5根很长的钢齿，将它们排成狮爪的样子，齿尖朝外，将它绑在了钻头上。我们打算先用它打死我丈夫，接着再放出狮子，看上去像被狮子咬死的一样。那是一个什么都看不见的漆黑晚上，我和我丈夫提着一桶生肉像平常一样去喂狮子。在去狮子笼的途中有个大篷车，雷洛多就在那里躲着。我们已经走过那辆车，他才轻手轻脚跟上来，然后我听见我丈夫的头盖骨被棒子敲碎的声音，我当时无比激动。接着我就向狮笼奔去，一下子就把笼子打开了。"

"然而可怕的事就在这时开始了，或许你们知道野兽对人血非常灵敏，特别是鲜血最具有刺激性，这样使得狮子立刻感到有人死了，因此当我把门一开它就将我扑倒在地。雷洛多是可以救我的，他拿那个棒子猛打狮子就可能吓走它，但他却胆小得不得了。我听到他吓得大叫，然后我看见他转身就跑了。就在这时，狮子向我的脸袭来。我被那臭得不行的气味熏得不能呼吸，当时我已经不知疼痛，只想用力将那可怕而又满脸是血的怪物弄开。我就高声尖叫，我能做的只有这些，直至帐篷的人都出来。后来我恍惚记得是雷洛多和格力斯带领戏班的人把我从狮子爪子下救了出来，我只记得这些。"

"后来我一直昏迷不醒，几个月后我醒了，看到镜子中那个可怕的我，我真恨那头狮子，我并不恨它让我失去美丽的容颜，而是恨它没有让我死掉！我那时就一心想一件事，用我足够支付的钱去办，那就是买块面纱给自己盖上，让谁都看不到我的脸，并去一个没人找得到的地方住下来，我只能这样做，况且现在我办到了。我就像受了伤的动物逃到一个洞里度过余生，这就是我——尤吉尼娅·洛德尔的下场。"

当这个不幸的女人讲述完这个悲剧时，我们都缄默无语。后来福尔摩斯伸出他那很长的手臂，充满同情的在她的手上拍了拍。这种感情的外露我很少见到。

真是一个可怜的姑娘！命运真是不公啊！假如下辈子没有回报，那么这辈子不是很残忍地对你开了个玩笑吗？

"那么雷洛多怎么样了？"

"我后来就没有再见过他，也没听说他的事，或许我那么恨他是不对的。假如让他爱我这样的人真不如让他爱一个给人提供快乐的畸形人，不过女人如果真的爱一个人，她绝不能很容易就忘了他。他在我最需要帮助时离开了我，在我被狮子撕咬的时候置我于不顾。但就算是这样，我仍然不能下决心让他去受绞刑。至于我，我什么都不在乎了，这世界上没有什么比让我活着更可怕的事了！可是我仍然没有能力挽救他，阻止命运对他的惩罚。"

"他现在死了，是吗？"

"对，他是上个月在马加特附近游泳时淹死的，我在报纸上看到了这个消息。"

"那么您故事中那个最具吸引力的那根五齿棒他怎么处理的呢？"

"这个我不知道，先生，离我们的帐篷不远处有个白垩矿井，矿井底有个特别深的绿水滩，或许在那里。"

"好了，已经结案了，咱们就不要讲这个了。"

"对。"这个女人回答说。

就在我们要离开的时候，福尔摩斯突然转过身来对着她，因为是那女人不正常的声音引起了他的注意。

"请您珍惜生命，因为它不仅只属于您。"

"我的生命对别人还有意义吗？"

"您不能这样说，在这个缺少耐心的世界，需要有能忍受痛苦的人来做楷模。"

这个女人回答问题的方式让我吃惊。只看见她掀起了面纱，接着向光线最亮的地方一直走去。

"那么您回答我，这样的痛苦你可以忍受吗？"

没有什么语言可以形容这张被撕毁的可怕的脸，在那张让人毛骨悚然的脸上，有一双漂亮的大眼睛悲伤而哀怨地看着窗外，但这个场景更加让人害怕。福尔摩斯抬起了一只手表示关怀和同情，接着我们离开了那间屋子。

两天后，我去福尔摩斯那里看见了一个有红色标签的瓶子，上面写着"别动，剧毒"，我将瓶盖打开，有一股甜杏仁味飘出来。

"是不是氢氰酸？"我问。

"非常对。是邮寄来的，还有一张写有'我现在将对我有诱惑力的东西寄给您，我想我会接受你的忠告'的纸条，华生，我觉得我们很容易就猜到这个坚强勇敢的女人是谁吧！是她寄来的。"

肖斯科姆别墅

福尔摩斯直起身用充满胜利的目光看着我，他已在那个低倍显微镜上面看了半天了。

"这的确是胶，华生，"他说，"绝对没错，是胶，看那些周围的东西！"

我弯下腰到显微镜前将焦距调好。

"这些是花呢上衣上的纤维，这些形状不规则的灰色是灰尘，左边有上皮的鳞质层，中间这些褐色的黏质状东西一定是胶。"

"好，我打算同意你说的话，这可以说明什么呢？"我笑着说。

"这是个最好的证据，你还记得盛潘克莱斯案吗？警察在尸体旁曾发现了一顶帽子，但那个被控告的人不承认帽子是他的。而他却是一个经常用胶水的画框商。"

"这件案子是你承办的吗？"

"不，是我朋友办的，警局里的梅里维尔让我帮忙的。从我在被告的袖缝中发现了锌和铜屑的时候起，我就推想他从开始制造假币就知道了显微镜用处的必要性。"他不情愿地又看了看表。

"我有个新的主顾要来，但是早已过了时间。噢，对了，华生你懂赛马吗？"

"可以说懂一点，我的负伤抚恤金大约一半都投入到这方面了。"

"那你可得当我的赛马指导。你还记得罗伯特·罗波顿吗？"

"当然。他就住在肖斯科姆别墅，那里我比较熟悉，我在那里过了一个夏天。有一次，罗波顿差点成为你的业务对象。"

"怎么回事呢？"

"他在纽码科特用马鞭险些把一个在科尔森街放债的名叫萨姆·布鲁尔的人打死。"

"噢，他很有趣，他经常这样吗？"

"的确，他这个人很可怕。他或许是英国胆子最大的骑手了。在几年前的里物普障碍赛马中他取得了第二名，似乎他不适合这个时代。假如他在摄政年代，那他一定是个有钱的拳击家、运动家、不要命的骑手，而且追求美女，假如他走了这条路就不能再回头了。"

"华生，你不简单！你的介绍很有重点，我似乎看到了这个人。你把有关肖斯科姆别墅的情况告诉我好吗？"

"我只知道这个别墅在肖斯科姆公园的中央，还有很出名的肖斯科姆种马的饲养场和训练场都在那儿。"

"约翰·马森是教练官，对吗？不要吃惊，华生，我手中的这封信是他给我的，我们还是说说肖斯科姆吧！他就像一座蕴藏丰富的矿山一样吸引着我。"

"另外，那儿还有肖斯科姆长毛狗，我知道它们在各个狗市都有很大的名声，这种狗是英国最好的种狗，它们是肖斯科姆女主人的骄傲。"

"那么，女主人是罗伯特·罗波顿爵士的妻子吧？"

"罗伯特爵士并没结过婚。从长远看，这是好事。他姐姐皮特丽丝·福尔斯夫是个寡妇。"

"他们姐弟俩住在他家中吗？"

"不，这个别墅是他姐姐的前夫詹姆斯的。罗波顿先生在那里什么产权都没有，在夫人活着的时候，房产的利钱归她得，那么她死以后房产就给她丈夫的弟弟，现在她只是每年收房租钱。"

"我想，罗伯特会把租金都花了吧？"

"没错。他是什么都不在乎的人，这使他姐姐很不省心，不过我听说她对他仍不错。那么肖斯科姆怎么样了呢？"

"噢，我也很想知道，我想这个人来了，他能给我们一个答案。"

门被打开了，从过道里走过来一个男人，长得很高，脸洗得很干净，表情坚决严肃，看起来像驯马师或管教男孩子的人。马森先生的确是干这两行的，并且看起来都能很不错的完成任务。他鞠了躬，很冷静，很稳重。福尔摩斯示意他坐在那把椅子上，他坐了下来。

"福尔摩斯先生，你是否收到我写的信了呢？"

"收到了，不过你的信没有什么内容。"

"这事比较容易让人注意，在信纸上写不方便，另外事情又复杂，我只好和你面谈了。"

"那好，你就说给我们听听。"

"福尔摩斯先生，我想我的主人可能疯了。"

福尔摩斯扬起眉毛说："这里是贝克街，不是哈利街，你说这话有什么依据吗？"

"先生，假如一个人做一两件反常的事还能让人接受，但是假如他干的事情全都那么怪异，你就不能理解了。我想，他会被肖斯科姆王子和赛马大会弄疯的。"

"是不是你驯的那匹小马呀？"

"它是全英国最棒的马，福尔摩斯先生，我对此很有信心。我可以开诚布公地讲，我知道你是一位正人君子，也不会往外传送消息。这次赛马罗伯特爵士只能成功不能失败，可以说他这次已把血本全投到这马上了，而且还借了许多钱，赌注也非常骇人，竟高达一比一百，一般来说一比四十早已是到顶了。"

"假如马的确非常好，又何必要这样做呢？"

"可是，没有人知道它有多么优秀。马探子们从罗伯特爵士那儿什么也没得到。他把另一匹马拉出去兜风，这匹马是'王子'的同父异母兄弟，它们很相似，谁都不能分清，但一跑起来，只需200米就知道它们之间的差别。在他心里全是马和赛马，甚至投入了他自己的命。现在，他还能稳住那些高利贷的债主。假如'王子'失败了，他就彻底完了。"

"的确是太疯狂了，那么从哪里发现他疯了呢？"

"首先，你一看见他就明白了，我想他晚上一定不睡觉，他一整天都在马圈待着。他双目发直，甚至有些痴狂，神经紧张到极点，几乎都要承受不了了。另外，他对皮特丽丝·福尔斯夫的举动也不对头！"

"啊！怎么一回事呢？"

"他们之间感情不错，他们有共同的爱好，都爱马。每天她都会很准时坐车来看那匹她最喜欢的'王子'。那匹'王子'只要耸起耳朵就能听到石子路上的车轮声，接着它就会向车前跑过去，去吃女主人给它的糖，但是现在就完全不同了。"

"怎么回事？"

"她对马好像一点兴趣都没有了，已经近一周了，每天她坐车路过马圈连言语都没了。"

"你想他们是不是吵架了呢？"

"是的，并且吵得非常凶，粗野，他们之间互相仇恨，否则他怎么会把她那只像宠儿一样的狗给别人呢？在前几天他将狗给了3英里外克伦达尔青龙旅店的老板老巴斯。"

"的确让人奇怪。"

"她有心脏病，而且浮肿，她不能往外跑，一直以来他每天晚上都要在她房间待两个小时，因为他们是好朋友，但是现在什么都不可能了。他不再和她靠近了，她很伤心。于是她心情变得焦虑、烦躁，而且还无节制地喝酒。"

"在他们很亲密时她喝吗？"

"她也喝，但只喝一杯。不过目前，一晚上她就喝一瓶，我是听管家斯蒂芬斯说的。福尔摩斯先生，那真是乱作一团了。另外主人还在三更半夜到老教堂的地穴里去，也不知去干什么，不知道有什么人等他。"

福尔摩斯开始搓起了手。

"说下去，马森先生，你说的真是有趣。"

"那天下雨，管家在夜里零时看见他去的。于是我在第二天晚上就到住宅来了，果然不出所料，他又出去了，我和斯蒂芬斯在后面跟着他。这真是让人太紧张了，假如我们被他发现，我们就完了，他的拳头可是不认人的。所以我们一直在远处盯着他，他去了那个常常闹鬼的地穴，那儿有人等他。"

"那个地穴在哪里？"

"先生，那个教堂废墟已经很古旧了，人们不知道确切的年代，它坐落在花园里，在教堂下面有一个地穴，人人都知道那里闹鬼。白天那里阴暗、潮湿，非常恐怖，晚上更没人敢去了。可是我们主人不怕，他似乎一辈子都没有怕的事，那么他究竟晚上去干什么呢？"

"等一等！你刚才说还有一个人在那里，那他肯定是你们那里的马夫或别的什么侍从，你一定把他认了出来，问了他一些事吧？"

"不，我并不认识这个人。"

"你怎么那么肯定呢？"

"因为我看见他了。那晚有月光，我和斯蒂芬斯在灌木丛里面蹲着，这时候罗伯特爵士在我们身边走过去，我们非常害怕，但我们却又听见他后面还有脚步声，这个我并不怕。所以等罗伯特先生过去后，我们站了起来，假装在月下漫步，并不是故意的样子，直接到他后面。'你好，你是干什么的？'我说道。他可能并没听见我们的脚步声，所以他一回头看见了我们真好像见了鬼似的，大叫一声，用非常快的速度跑得无影无踪，至于他是谁，我也不知道。"

"在月光下你看清楚他了吗？"

"是的，我看清了，他长着一张黄脸，是下等人，他到底和罗伯特爵士有什么关系呢？"

福尔摩斯坐在那里好半天，他陷入了沉思。

"谁是皮特丽丝·福尔斯夫的女仆呢？"他问。

"是卡里·爱温丝，已经服侍她5年了。"

"这样看来，她一定很忠心啦！"

马森先生开始有些紧张。

"她很忠于雇主，但我不能说她对谁忠心。"

"啊！"福尔摩斯说。

"我不想说出别人的秘密。"

"我很理解，马森先生，这样看来情况很明确了。另外，华生对罗伯特爵士的描述我也明白了，这人对女人来讲是不安全的，你想这个原因可能导致他们兄妹失和吗？"

"大家对于这个流言早都听说了。"

"或许原来她没发现，我们来推测一下。这事让她突然发现，于是她想将那个女人打发掉，可是她弟弟又不同意，这个女人又有病，不能走，自己不能说了算，她很气恼，因此就生气一个人喝酒。罗伯特爵士气愤不平地把她喜爱的小狗送走，这些不都有联系吗？"

"是的，目前这些还能有联系。"

"对！这和他晚上去地穴有关系吗？我不明白。"

"的确如此，先生，我仍然还有一些事也不能说清楚。罗伯特爵士又为什么要去挖尸体呢？"

福尔摩斯突然站了起来。

"就在昨天给你写信前，我们还没发现。昨天罗伯特爵士到伦敦去了，因此，我和斯蒂芬斯才能到地穴看看，其他什么都像原来一样，只是角落里有一些尸骨。"

"那么，你有没有去告诉警察呢？"

这位先生毫无表情地笑了。

"先生，这对于他来讲是不能引起注意的。那里只有一具干尸的头和几根骨头，它或许有很多年了，不过原来没有这个，我们可以保证，在一个角落用一块木板盖着，以前那个角落什么东西都没放。"

"你们如何处理的呢？"

"我们没有动它。"

"这样做就对了，你说昨天罗伯特爵士不在，他回来了没有？"

"今天或许回来。"

"在什么时间罗伯特爵士将他姐姐的狗送走的呢？"

"上周的今天。那天早上罗伯特爵士发了一顿脾气，心情不好，而那狗偏又在老库房外狂叫，他上去一把抓住了狗，我想他会杀了那只狗，但没想到他却把狗交给了骑师桑迪·贝斯，并让他将狗给那个青龙旅店的老板送去，他说再也不想见到这只狗了。"

福尔摩斯想了很长时间，这时他又把那个老式的、有很多烟油的烟斗点燃了。

"我目前仍然不明白你找我要我干什么，马森先生，你能说清楚点吗？"福尔摩斯说。

"或许这个能证明点什么，先生。"他说着从兜里面拿出一个纸包，轻轻地打开，他们就看到了一根已被烧焦的碎骨头。

福尔摩斯饶有兴趣地看了起来。

"这个你是从哪儿弄来的？"

"在皮特丽丝夫人房间底下的地下室有一个暖气锅炉，不过好久没有用了，因为罗伯特爵士嫌天气冷，就又把它烧了起来。哈威负责烧这个锅炉，今天早晨他把这个给了我，说是在掏炉灰时看见的。他是我的一个伙计，但他对这个骨头在炉子中没有感到奇怪。”

“我也不奇怪。华生，你能认出这是什么骨头吗？”

虽然骨头已经被烧成了黑色的焦块了，不过从外观特点上还是能分辨清楚。

“这是人大腿的上髁。”我说。

“没错。”福尔摩斯变得异常严肃，“这个人是什么时候去烧炉子的？”

“他每天晚上将炉子烧起来就走了。”

“也就是说晚上谁都能去，对吗？”

“对，先生。”

“你在外面进得去吗？”

“外面只有一个门，而里面另外一个门有楼梯可以到达皮特丽丝夫人房间的过道。”

“这事不简单，马森先生，有人被杀的迹象，你说昨晚罗伯特爵士不在家，对吗？”

“是的，他不在，先生。”

“那就不可能是他烧骨头了，而是另有其人。”

“对，太对了，先生。”

“你刚刚说有个旅店，名字叫什么？”

“青龙旅店。”

“在旅店那边是不是有个很好的钓鱼点？”

这位老实忠厚的驯马师听了以后很是不解，似乎他自己又遇到了一个不正常的人。

“噢——，是的，我听说在那个河沟中有鳟鱼，霍尔湖里有狗鱼。”

“噢，很好，我和华生两个都特别喜欢钓鱼，华生，是不是？你若有事就将信送到青龙旅馆。我们今天晚上去那里，你千万不要再来找我们，有事你就给我们写个纸条。假如有事，我们会去找你，待到事情有眉目了，我会将结果告诉你。”

于是，5月那个晴朗的夜晚我们俩单独坐在一等车厢里，向肖斯科姆驶去。那里有个小站，名叫“招呼停车站”。我们那些钓鱼竿、鱼线和鱼筐放在了头上的行李架上，看上去很显眼。到了小站，又接着坐了一会马车便到了那个老式的小旅店。店主乔赛亚·巴斯很热情地与我们交谈，我们谈到了如何在附近多钓些鱼。

"噢，朋友，在霍尔湖容易钓上鱼吗？"福尔摩斯说。

店主听完脸立刻沉了下来。

"别想去那里钓鱼，先生，恐怕鱼没钓上来，你已经掉进去了。"

"为什么呀？"

"因为罗伯特爵士非常讨厌别人去钓他的鳟鱼，你们两个是陌生人，假如去他训练场附近，他不会善罢甘休的，罗伯特爵士可是不会留情的！"

"我听说他有一匹马要参加比赛，是不是？"

"是，那是匹特别好的马，我们全都把钱押在它身上了，还有罗伯特先生也是一样。对了，"他好像有什么事刚反应过来一样，"你们是不是马探子呀？"

"哪里！我们只是喜欢波克郡的清新空气，是从恼人的伦敦来的罢了。"

"那你们就找对了地方，这里全是清新的空气，不过要记住我说的话，就是有关罗伯特爵士的话，你千万不要问任何人，离那远点儿。"

"好的，巴斯先生！我们一定照办，那只在大厅叫的狗真是好看。"

"没错，那狗是正宗的肖斯科姆狗，整个英国，它是最漂亮的啦！"

"我也很喜欢养狗，不知这样问是否合适，请问这只狗价值多少呢？"

"先生，我是买不起的。它是罗伯特爵士送给我的，因此我才把它拴上了，不然的话，它立刻就会跑回别墅的。"

"华生，我们手中有几张牌了。"店主离开后福尔摩斯说，"这几张牌不好打呀！我想，一两天后会有些头绪。我听说罗伯特爵士仍然在伦敦，我想假如我们今晚去那个危险地方不用担心被打，我需要证实两点情况。"

"你有什么猜测吗，福尔摩斯？"

"只有一点，华生！在一周前肖斯科姆家里出了一件对其家庭而言很重要的事，到底是什么事呢？我们就从这件事的结果看，这个结果好像是多方面促成的，不过一定对我们的侦查有帮助，只有那些无惊无险的案子才不好破。

"不，我们来研究一下已经知道的事情：弟弟不再看望姐姐了，而姐姐又体弱多病，弟弟还把姐姐的狗送了人。华生，你不觉得不对劲吗？"

"我只看出了弟弟的冷酷和无情。"

"就算是这样吧！啊——这可能还有一种推测，让我们来把事情推测完。假如的确有一场争吵，过后，夫人不再出门，生活习惯有所改动，只有和女佣人坐车出去就不再见别人，而且也不再去看她喜欢的马，还酗酒成性，全都有了吧？"

"还要加上地穴的事。"

"这不是一条线上的两件事，你不能将它们混为一谈。第一条线索是和皮特丽丝夫人有关的，有没有犯罪的感觉。"

"我没有觉得。"

"那么我们就说说第二条线索，这个是关于罗伯特爵士的。他现在已经失去了理智，心里只有赛马成功，不然他就面临破产，一分钱都没有，而且马还会落到债主手中。他一向胆大包天，什么事都做得出来，而且又是这种情况。况且，他全部财产的来源都是从他姐姐那里得来的，他姐姐的女仆又和他有联系，这样看来这几点都成立，对吧？"

"可还有那地穴呢？"

"对，还有地穴！华生，我们推断一下或许这是个有诽谤性的说法，只是为了证明才提出来的——罗伯特爵士把他姐姐杀了。"

"老兄，这不可能吧！"

"很有可能，华生，罗伯特爵士是名门贵族的公子，但在优秀的人群中也会有败类。让我们来看看，他一定会等到发了财才会离开，而这又要靠赌马的成功。他现在不能轻易离开，因此他得将尸体安置妥当，另外还要找一个人模仿他姐姐。假如女仆真和他串通一气，这件事并不难做。一种情况，可能将女尸运到了地穴，因为那里少有人去，另一种情况是放在炉子烧了，留下了证据，我们手中已拿到。你认为呢，华生？"

"假如那个前提是真的，这个又怎么不可能呢？"

"华生，要想搞清事实，我想我们明天就做个试验吧！今天呢，我不妨和这个店主谈一谈关于鳗鱼和鲤鱼的事，或许这会让他兴致大增，交谈之中或许我们会有一些发现。"

第二天早晨，福尔摩斯才发现我没带鱼饵，这样也省得去钓鱼了。大约11时我们就出去散步了，还很幸运地被同意带着小黑狗一起去。

"到了，就是这儿，巴斯先生告诉我说，罗伯特的姐姐到了中午会坐着车出来转转，这就是公园大门前。"

我一看上面有一个鹰头兽身的徽章。

福尔摩斯又说："车到了门口一定会减速，华生，等车进了大门，还没有跑起来时，你把车夫叫住提个问题，我会躲在冬青树后面观察的。"

等候了大约15分钟，我们就看见了一辆黄色的敞篷四轮马车从远处跑了过来，那两匹马又高又大。我拿着手杖好像逛街一样在路中央舞动着，门卫跑了出来，大门被打开了。

马车果然放慢了速度，我因此能很仔细地看车上的人，左边有个年轻女人，她面色红润，头发亚麻色，一双眼睛肆无忌惮。她右边有一个年纪很大的人，圆圆的背，一圈披肩发把脸和肩都围住了，这说明她病得很重。就在马车驶上大道的时候，我很郑重的把手举了起来，车夫将马勒住，然后，我就问罗伯特爵士是否在别墅里。

这时候福尔摩斯从冬青树后走了出来，把狗放开，那狗很兴奋地叫了一声，然后就向马车冲去，并立马跳到了踏板上。可是一转眼那股亲切的样子马上竟成了狂吠，只见它朝着上面的黑衣裙大叫着。

"快走！快走！"

一个嗓子很粗的人狠命地嚷道，车夫打着马走了，只有我们两个在路上。

"华生，实验成功了。"福尔摩斯将链子套到了那只还未平静下来的狗的头上，又说："狗认为那女人是它的主人，但却发现是别人，狗不会错的。"

"那句话是男人说的！"我说。

"非常正确！我们又有了一张牌，华生，不过还得好好打。"

那天，我的朋友好像没什么事，于是我们就真的在河沟里钓鱼。结果我们真钓上了一条，给晚饭加了一道菜。吃完饭，福尔摩斯看起来神采奕奕，我们又像早晨那样到了公园大门口。只见一个高个子的皮肤发黑的人正等着我们，他就是我们的主顾约翰·马森。

"先生们，晚上好。"他说，"我收到了你的条子，福尔摩斯先生。罗伯特爵士还没回来，我听说或许他晚上回来。"

"这个地穴离别墅有多远？"福尔摩斯问。

"有四分之一英里远。"

"这样我们就不用顾忌罗伯特了。"

"我是不能一块去的，福尔摩斯先生，他一到家马上就会叫我去问那马的情形。"

"明白了！那么只有单独行动啦！马森先生，你就把我们领到地穴后再回来。"

天渐渐黑了，没有月光，马森领着我们从牧场穿过去。后来有块黑黑的影子在远处，我们走近一看，噢，原来是那个教堂。他把我们领进去了，他深一脚浅一脚地在碎石中找到一条路，到了教堂一角，那儿有一条楼梯歪斜着一直通到了地穴里。

他擦了根火柴将这个阴森可怕的地方照亮了，我看见那些古老的残墙断壁，那么多棺材，相信它们早已发霉，其中有的是铅制的，有的是石头制的，在墙边摞得很高，已经顶到了拱门和上面看不见的阴影中的屋顶。福尔摩斯将灯笼点着了，顿时这个恐怖阴暗的地方被这个抖动的黄灯笼照亮了。

灯光被棺材上的铜牌反射了回来，象征着这个家族的鹰头狮身的徽章是这个家族荣耀所在，死了以后也要保持自己的尊严。

"你说这儿有骨头，对吗？马森先生。你可以把我们带去看看吗？"

"就在这个角落。"马森走了过去，但当我们把灯拿过去一照，他非常吃惊。

"哎呀！没了。"他说。

"我已经想到了，"福尔摩斯说，并轻声笑着说，"我想在炉子里仍然可以找到骨灰和未烧尽的骨头。"

"我不明白，为什么要把这些早已死了多年的尸骨烧了呢？"约翰·马森问。

"我们来这里的目的就是要看个明白，"福尔摩斯说，"这或许要用很久才行，不耽误你的时间了，我想我们在天亮前会有结果。"

约翰·马森走了，我们便开始了工作。我们仔细地查看了墓碑，从中央的那个看，是撒克逊时代的墓碑，在后面的是诺尔曼时代的墓碑，一直又看到了18世纪30年代威廉·丹尼斯和费勒的墓碑。大约过了一个小时，福尔摩斯来到拱顶进口边上的棺材前，棺材是铅制的。这时候，他很满意地大叫了一声，他动作快而且准。

可见，他已把目标找到了，他赶忙用放大镜将棺盖边缘仔细查看了一遍，接着又从兜里面拿出一个开箱子用的撬棍，然后把它塞进了棺盖缝，将棺盖撬了起来。棺盖被撬开了，同时发出了一种很刺耳的响声。这时，已经落出了一些东西，但没完全打开。突然，我们被一种声音弄得不得不停下来。是脚步声，是从上面教堂传来的，根据脚步声可以断定这个人目的明确，而且熟悉地形，步伐有力，而且走得很快。

之后很快楼梯上就有一束光射了进来，紧接着拱门里就看到了一个拿灯的人，此人个头很高，样子看起来很蛮横。那个大号马灯将他的脸照得很明显，他长着浓密的胡子和一双恶狠狠的眼睛。用眼睛将地穴的每个地方都扫了一遍，最后才怒目瞪着我们两个。

"你们是干什么的？到我的地盘干什么？"他大叫着，看见福尔摩斯不回答，就向前又走了几步，同时将那个随身拿着的很重的手杖举了起来。

"听见了吗？你们究竟是谁，干什么来了？"他把手杖挥舞了起来，福尔摩斯并没有被吓得退回来，相反却走了上去。

"罗伯特爵士，我正好也要问你一个问题，"他非常严肃、尖锐地问，"这是谁？发生了什么事吗？"

于是他将身体转过去，将身后的棺材盖揭开，借着灯光，我看见了一具尸体被布包着。这是一具女尸，非常可怕，鼻子和下巴向一边扭曲着，一点血色都没有，脸已歪曲了，眼睛直直地盯着前面。

罗伯特大声地叫了出来，似乎像没站住一样退了回去，呆住了。

"你是如何知道的？"他说着，但一转眼又像原来一样凶巴巴地大叫道，"你是干什么的？"

"我是歇洛克·福尔摩斯，你或许熟悉吧？但无论如何我同别的正直人一样，都有维护法律的责任，我想你有很多事要向我说清楚。"

罗伯特爵士充满仇恨地看了我们一会儿。但是福尔摩斯那平静的语气，镇定自若的样子起到了一定的作用。

"福尔摩斯先生，我可以发誓，向上帝发誓，我什么坏事也没干。我知道，这件事在表面上看让我很被动，对我不是好事，可是我也是迫不得已呀！"

"我希望事实如此，但是你还得到警察局说清楚才行。"

罗伯特爵士把那宽厚的肩膀向上耸了耸。

"好吧，就这样吧，你到庄园里亲自看看！"

15分钟后，我们到了别墅。这儿看起来是一间武器陈列室，因为玻璃罩里面有一排排的枪管。到了这以后，罗伯特离开了一会儿，等他再回来时后面有两个人跟着，一个是我们曾看见过的那个脸色红润的年轻女人，当时她坐在车上；另一个则看起来鬼头鬼脑，让人讨厌。这两个人一脸的惊奇，说明罗伯特还没有告诉他们发生的事。

"他们，"罗伯特爵士指了指，"是洛莱特夫妇。洛莱特太太娘家姓爱温丝，她是侍女，给我姐姐当了多年的仆人，她们很贴心。我把他们带来是想将真相告诉你们，因为在这世界上只有他们俩才可以为我作证。"

"罗伯特爵士，这有用吗？你知道你在干什么吗？"那女人大喊道。

"至于我，我不会负任何责任的。"她的丈夫说。

罗伯特爵士不屑地看了他一眼，"责任全由我来负。"他说。

"福尔摩斯先生，那我就给您讲一下这件事，你看起来对我的事也有很多了解，不然我们也不会在这里相遇。你或许已知道我为了参加赛马大会驯养了一匹黑马，我也孤注一掷了，这些都看我能否成功。如果我胜利了，那么什么都没问题，但假如我失败了，那么我一切就完了。"

"我了解你的处境。"福尔摩斯说。

"我什么都要靠我姐姐皮特丽丝夫人支持，可是大家都知道她的那些租金只够她自己花，我自始至终都明白。假如我姐姐一死，我的债主们就会蜂拥而来，把我所有的东西都拿走，包括马厩和马。但是先生，我姐姐却在一周以前去世了。"

"而你没有向外宣布！"

"我无计可施，我面对的就是破产，但假如我能把这事掩盖3个星期的话，就一切都好说了。她女仆的丈夫，是我们想到的在短期内作我姐姐的替身人。只要每天坐在马车上向外界照个面就可以了，别的什么都不用做，因为我姐姐的房间只有女仆一人能进，这一点并不难办。我姐姐是因为水肿而死的，这个病已经折磨她很久了。"

"那是验尸官的工作。"

"她的医生可以证明，几个月来她已经有了这个征兆了。"

"那么你怎么做的这些事呢？"

"尸体绝不能放在这里。她死后的第一个晚上我们就把她放到了老库房，因为那里早已没人用了。但她的那只狗总跟着我们，并在门口不停地叫，因此我就想到了地穴，那里安全一些。所以我就把狗送人了，之后又把尸体转移到了地穴里面。福尔摩斯先生，我并不是对死者不敬和对她进行侮辱，我想我没有什么不对。"

"但我认为你的举动是不能被谅解的，罗伯特爵士。"

男爵烦恼地将头摇了两下说："说来容易。假如你在我的位置你就不会这么想了，谁都不会看着自己全部的寄托和心血在快要成功时被摧毁而无动于衷。我想把她短时间放在她丈夫的棺材里，让她在那里安息，我认为这没什么不妥，更何况那地方仍旧是庄严神圣的。我将棺材打开，并拿走了里面的尸骨，就想这样将她安排妥当。还有那些从中拿出来的骨头，不能留在地穴，所以就在夜晚烧了，是我和洛莱特到锅炉房烧的。福尔摩斯先生，就是这些，我只有将事实说出来，不过我就不知道你是用什么方法让我说出来的。"

福尔摩斯陷入了沉思。

"你的讲述有点不足，爵士，"他开始说话了，"你已将赌注放在赛马上了，即使债主将你的财产拿走，也不能影响你的未来。"

"我这匹马就是我财产的一部分。他们不可能关心我的马，也不可能让它跑，更让我不能再惨的就是我的主要债权人也是我的仇人，就是那个无赖萨姆·布鲁尔，我在纽码科特不得已抽过他，你想他会救我吗？"

"好吧！罗伯特爵士，这件事一定得报案，我只是发现并查出事实真相，也只能到这儿了。关于你的行为和品德，我没有权力指责。已经半夜了，华生，我们回旅店吧！"说着他站了起来。

至此，大家都清楚了，后来结果很圆满，"肖斯科姆王子"在比赛中获胜，马主得了80000英镑，那些债主看到这种结果都没有来要债。因此，将债务还清后，罗伯特爵士还有很多钱继续他的生活。在警察和验尸官方面也很照顾，除了在拖延死亡注册一事受到了一些惩罚外，其他的并不严重。这个幸福的人靠着这个铤而走险的方法，使自己强大了起来。这件事人们已经淡忘了，他在以后的日子里，过得平静而又体面。

已退休的颜料商

有一天上午，福尔摩斯坐在椅子上想事儿，心情很不好，这样一来他聪明灵敏的大脑受到了很大的阻碍。

"你看见刚才那个人了吗？"他问我。

"你是说那个老头吗？"

"没错。"

"噢，是的，我看见他了，在门口。"

"你认为他怎么样呢？"

"看起来很可怜。"

"你说得对，先生。非常可怜，他的人生历程就是世间其他人的缩影，我们都有奋斗的目标，都想有成就，但最终我们又拥有什么呢？什么都没有，最后只会落到只有痛苦的地步了。"

"他是你的客户吗？"

"唉，我想是吧！伦敦警察署让他来的，就像那些专业的大夫有时会让病人去找走街串巷行医的人，因为他们自己治不了。他们会开脱说自己已经尽力，并且病人的情况没有什么大的转机了。"

"这到底是什么样的情况呢？"

福尔摩斯拿起了一张很脏的名片。

"他叫乔赛亚·爱贝里。他说自己过去是布里科夫爱贝里公司的小股东。他们那里主要是做艺术材料买卖，他们的大名会写在装满油漆的盒子上，他有了些钱，在61岁那年退休。他想在路易萨姆度过晚年，所以买了一栋房子在那里，很多人都觉得以后他不会为生活而奔波。"

"没错，他的生活确实没问题。"

这时，只见他很快扫了一眼他在文件后面做的记录。

"华生，此人于1896年退休，1897年初和一个女人结婚，这个女人比他小20岁。假如照片没有拍坏，可以看出这个女人十分美丽动人。生计不用发愁，既有时间又有钱，还有老婆。这种日子无疑对他而言是不错的，但是好景不长。大约两年吧！你也看见了，他就变成了让人怜悯同情的人，现在过得如此困苦不堪。"

"那么究竟什么事使他变成这样的呢？"

"华生，仍旧是人们常说的，一个不讲道德的朋友和一个不能安分守己的妻子就让他变成了这样。他这一辈子就喜欢下棋，在他住的那个镇，在他家附近有一个大夫很年轻，这个人也喜欢下棋，我记得他的名字叫雷·欧雷斯特。他常去爱贝里家串门，时间一长，很自然他和爱贝里太太有了关系。我们看得出，这位委托人很倒霉，不管他是好人还是坏人，单从表面上看实在不够好。就在上周，那两个人拿着装满他一生中大量家私的契约箱跑了，到现在仍然不知去向。我们能找到那女人，并把钱追回来吗？至少现在看这事不严重，但对乔赛亚·爱贝里却异常重要。"

"那么你想如何处理呢？"

"嘿，华生，现在重要的是你怎么看这件事？假如你能帮助我就太好了。你知道我现在正在查两位科普特主教的案子。今天这件事要有眉目了，我的确离不开，确实没空去路易萨姆，但是到现场收取证据又很重要。那个老头一定要我去，我对他说了我脱不开身的原因，他已答应让我派个人去。"

"不管怎样，我都承认，我自己实在是能力平平，但我会努力做好一切。"

在一个天气炎热的夏日下午，我就去了路易萨姆。却绝没料到这件案子会在全英国轰动一时，而恰恰这是我办的。

当天深夜，我赶回了贝克街向福尔摩斯报告一天的情形。只看见福尔摩斯坐在他那把扶椅里，他疲惫的身体似乎需要休息，那烟圈从他嘴中慢慢吐出，他看上去好像要睡着了一样。假如我将这事一股脑儿全说出来，在中间不停顿的话，那么他那微睁的眼睛会让我认为他睡着了。

"乔赛亚·爱贝里先生住在叫黑温的房子里。你会对它感兴趣的，就像一个没钱没势的贵族似的，已经不得不住在那破旧的房子里。那种地方你知道，街道上铺满随处可见的石头，郊区的公路实在让人讨厌。他的家在这个破烂不堪的地方，好像一个有悠久历史而又宁静安全的岛屿一样。那栋很古老而且很旧的房子被黑黑的墙给挡住了，在墙上长着很多各种各样的苔藓，这种墙……"

"别再说这个了，华生，你说说那堵高墙。"他说。

"是的，假如我没有向别人打听我一定找不到黑墙。我问一个在街上抽着烟无所事事的人，他长得很高，很黑，还长着很密的胡子，有点像军人。他将头点了点，同时还用一种很奇怪的眼光看了看我，后来我才又回忆起来。

"我还没有进他的家门就正好看见爱贝里在车道上来回地走。今天上午我只是不经意地看了看他，便让我很在意了。在阳光照耀下，他让人一看就不对劲。"

"我也注意到这点了，但我想听听你的意见。"

"我想他似乎背上受了重伤，好像是为了生活。但又不是我最初想象的那样。他很瘦，两条腿又细又长，不过他肩膀和胸前的骨架却很宽。"

"左脚穿的鞋有点皱，但右边的鞋却没有皱。"

"这点我没注意。"

"是的，你没有在意，但是我看出他有一条腿是假肢，你往下说。"

"给我印象最深刻的就是他的白发，在旧草帽下露出来的，像蛇似的。还有脸上长满了皱纹，凶巴巴的。"

"好，华生，他说了什么吗？"

"一开始他就告诉我关于他的苦难经历。我们在那条车道上走着，与此同时我对周围事物作了观察。在以前我没有见到这么让人心烦的地方，杂草长满了花园，一看就知道没人修理，任其发展。我认为一个正派的女人一定不会让家中这样的。那房子也是脏得不得了，好像那老头也知道那里很差劲，似乎正在维修整理。我刚进屋时，看到有一桶绿漆放在大门的中央，而他正拿着刷子，在给这木头屋子上漆。

"我跟着他进了书屋，房间很暗，我们就在那里说了很久的话。当然，他很失望，因为你没有去。他对我说：'我不盼着像福尔摩斯这样的大人物能对我这个要钱没钱、要地位没地位的人有多少关注。'

"我让他相信你并不是因为经济上的事而没去做。

"他说：'假如我们站在另一个立场来研究，你会知道这事很有值得注意的地方。华生医生，人最坏之处也就是忘恩负义了！我从来没有拒绝过她什么，有什么样的女人会受到这种宠爱呢？还有那个年轻的医生，我对他那么好，就像对待自己的儿子一样。他能随意出入我家，但是你看到的他们又是如何对我的呀！啊，华生医生，这个世界真让人不想活了，太令人害怕了。'

"他就这样反复地说了这些话近一个多小时。这样看来他从来没有察觉那两个人私通。有一个女仆每天白天在他家，到晚上6时才走，这个家只剩下他们两个了。在出事的晚上，他为了让他妻子高兴，特地在马克特剧院的楼上定了两个位子，但就要出门的时候，她却说她头痛得厉害就借故没去。这样只好他自己去了。他还拿了那张他为妻子买的因为没有使用而完整的戏票作证明，看来没有什么可疑之处。"

"应该注意这点，值得特别注意。"

这些话让福尔摩斯很感兴趣。

"华生，你说下去，我觉得你说的事很有意思，不过你有没有亲自看看那票呢？你有没有注意座位号呢？"

"我特别看了那个号，"我很自豪地说，"座号和我在学校上学时的学号一样，因此我记得很清楚。"

"太好了，华生！这样一来，他自己不是坐在30号就是32号。"

"对，没错。"我有些不明白地答道"并且是在第二排。"

"这样就太好了，我很满意，他还说了什么？"

"他把我带去看了那个他说是保险库的房间。那的确是一个真正的保险库，就像银行似的，有铁门铁窗，他说是为了防止有人偷盗，但那个女人好像有一把配制的钥匙，把门打开了，还把他7000英镑的现金和债券拿走了。"

"债券？那么他们会把债券怎样来处理呢？"

"他说他已经把清单交给警察局了，希望那些债券不要被卖出去。大约在半夜的时候，他从剧院回家，发现家里被人偷了，门窗都开着，已不见小偷的踪迹，也没有什么信件纸条之类的东西。从那以后，他就没有收到任何消息，他就去报警了。"

福尔摩斯想了一会儿。

"你说他当时在刷油漆，那他在给什么刷油漆呢？"

"嗯，他在刷过道呢！不过，我提到的那间房子的门和木头结构已被他刷好了。"

"你认为他在这时候做这些活很正常吗？"

"为了减轻内心的苦闷，人得找点事做呀！他是对我这样解释的。不过他这样做的确不太正常，他明显就是个怪人，另外他还在我面前一气之下撕掉了他妻子的照片，并尖叫着说，我今后再也不想看到她那张该死的脸。"

"还有其他的吗，华生？"

"有，另外一件事给我留下很深的印象。我坐车到了布莱克希火车站，坐上了回来的火车，但火车马上就要开时，我看见了我隔壁车厢冲进来一个人。福尔摩斯，你了解我的认人眼力很不错，不用说我也能看出那人和我在街上遇到的是同一个人。果然，在伦敦桥我再一次看到了他。后来，他就在人流中不见了，我可以很肯定地说，他一定是在跟踪我。"

"一点都没错！"福尔摩斯说，"这个人长得个子很大，皮肤发黑，又有胡子，是不是戴一副灰色墨镜？"

"福尔摩斯，你真是神了！我还没说他戴了眼镜。但是他的确戴的是一副灰色墨镜。"

"还带着一个领带夹，是互助会的？"

"你真行！福尔摩斯！"

"这并不难，华生。让我们具体谈谈实际情况好吗？我得承认，原来，我认为这个案子是个没什么意思的案子，但事实却将不寻常的事露了出来。不管你是否在这个过程忽视了一些情节，但就你所说的也让我有了不同的看法。"

"我忽略了一些情节吗？"

"噢，不要伤心，我的朋友。你知道我做事不随主观臆测，这件事你去办理比别人都合适，不过你却将很重要的一点忘记了。那就是他们的左邻右舍对爱贝里和他妻子怎么看？这点非常重要。欧雷斯特医生的为人怎么样？他是不是像别人说的那样不拘束呢？华生，凭你的能力让女人都帮助你这并不是件难事。像邮局里的姑娘和卖蔬菜水果的太太，她们又是如何对他评价呢？我可以想象得到，你在布鲁安克商店和那些很年轻的女人们说着那些废话，一定能从中得到一些真实可靠的材料，但你却没这么做。"

"这还是能做到的。"

"这些有人已经做了，是伦敦警察署帮的忙，我很多时候没有出门就能了解一些事情。实际上我们掌握的情况也证实了那个老头所反映的事。他周围的人都觉得他不仅小气，另外他对妻子非常粗鲁并且很刻薄。他确实是在保险库中有很多钱。那个欧雷斯特医生很年轻还没有结婚，他经常与爱贝里玩棋或许也会与爱贝里的妻子开玩笑，这一切都很明显了，人们都认为这不重要，但是，恰恰……"

"就在这里出差错了吧？"

"或许这是我的想象。噢，好了，华生，我们别再管这个事了，让我们去消除这一天的劳累吧，去听听音乐。卡琳娜今晚在阿尔伯特音乐厅举行演唱会，我们来得及收拾衣服并吃饭。"

第二天早上，我起床很准时，桌子上有面包屑和两个空鸡蛋壳，说明我的朋友在我之前已经起床了。我在桌上看见一张纸条：

亲爱的华生：
　　我有几件事需要找乔赛亚·爱贝里先生聊聊，接着我们再看看要不要接手这个案件。请在3时之前准备好一切，我想我会到那时请你帮忙。
　　　　　　　　　　　　　　　　　　　　　S.H.

我一天都没有见到福尔摩斯，但在3时他回来了，看他脸色很凝重，不说话，一直在考虑什么问题，这种情况下最好不要惹他。

"爱贝里来这了吗？"

"没有。"

"啊？好，那我等他。"

他并没有失望，一会儿，那个老头果然来了，脸上满是不安和疑惑的表情。

"福尔摩斯先生，有件事我不明白，我收到了这样一封电报。"

他把电报递给了福尔摩斯，福尔摩斯大声读了起来：

请一定快点来。事关你最近损失的情况——艾尔曼牧师住宅。

"这份电报是从小帕林顿发过来的，时间2时30分。"福尔摩斯说道，"小帕林顿在埃塞克斯，离弗林顿不远，你马上去。这个人一定是让人值得相信的牧师，我的名人录呢？啊，我找到了，在这儿！艾尔曼文学硕士，主管莫斯莫尔和小帕林顿教堂区。华生，你赶紧查一下列车表。"

"里物普街有一趟5时20分始发的火车。"

"太好了，华生，你和他一块去会合点，他会需要的。看来我们遇到了重要的事了。"

但是看起来这个老头不急着立刻就走。

"这太离谱了，先生。"他说道，"这个人又怎么知道发生的事呢？这趟去一定只是浪费金钱和时间的。"

"您说，假如他对此一无所知，他会给你打电报吗？赶紧回电告诉他你马上去。"

"我不想去。"

此时福尔摩斯的脸看上去很严厉。

"爱贝里先生，假如你不想去对这个重要线索做调查，那么这样就会使警察局和我本人都认为您不是想真正查案，您态度不诚恳。"

他一说完，那个老头显然有些顺从。

"好吧！既然你觉得我有必要去，那我就去一趟。"他说道，"从表面上来分析，我觉得这事和那人有关，很可笑，但是假如您觉得……"

"我确实是这样想的。"福尔摩斯的口气很硬。

于是我们便各自准备，打算马上走。在临行前，福尔摩斯把我叫到一旁说了一些话，可以看出他非常重视此事，也说明此事非同一般。

"不管怎样，你一定得确保他到达目的地。他假如逃跑了或者回来了，你必须马上到最近的邮局打电话通知我，只说：'跑了'就行，我会将此事在这安排好，不管怎样我都能知道的。"

小帕林顿这个地方，由于它在支线上，交通特别不方便，很不容易去。我很清楚地记得那次出行很不好受，天气热得很，火车又走得慢，而那个老头只是偶尔对这次旅行的无用性发发牢骚，一直都不太高兴，很少说话。

终于，我们来到这个小车站了，接着又坐上马车大约走了两英里，我们到了那个牧师家里。这人个头很高，表情严肃，看起来很自以为是。牧师在他的书房中和我们谈话，我们把那份电报放在了他面前。

"先生们，请问，找我有何贵干呢？"

"我们来的原因就是收到了您发的一封电报。"我说。

"啊，我的电报？我没有发给别人电报呀？"

"我是说您给乔赛亚·爱贝里先生发的有关他妻子和钱财的事的电报。"

"先生，假如这是闹着玩的，这就很难让人理解了，"牧师很生气地说，"我根本就不知道您刚才说的那位先生，何况我没有给别人发过电报。"

我和我的委托人听了这话后都很吃惊。

"或许这有误会。"我说，"您这里是不是有两处牧师住宅呢？你看，电报上是艾尔曼的名字，发自牧师住宅。"

"这里只有一处牧师住的地方，并且也就我一个牧师，很显然这电报是假的。关于此事，请马上和警察联系调查一下，另外我觉得我们没什么可谈了。"

接着我和爱贝里就先到英格兰最落后村子的路旁。我们走到了电报局，可是电报局已经不再营业了，幸亏铁路警站有电话，我得以和福尔摩斯联系上了。这种情况让他也很意外。

"很奇怪呀！太让人想不到了！亲爱的华生，我最着急的是今天晚上没有能回来的火车，万万没有想到会使你在乡下的旅店里不安地住一夜。但是不要悲观，你和大自然是有缘的，它会和爱贝里与你做伴。"

但就在把电话挂断那一瞬间，我却听见他在"咯咯"地暗地里笑。

很快我就体会到了这个旅伴的小气。刚出发时，他就发牢骚，原因是此次出行的花费，并且一定要坐三等车厢，接着因为对旅店的账单不满意而大发牢骚。

第二天上午，我们终于回到了伦敦。此时，我也不知道是谁的心情更糟了。

"我们会从贝克街经过，你也顺路去看看，或许会有什么新的进展。"我说。

"假如他说的建议和上次一样没价值，那就是没用的建议。"爱贝里沉着脸恶狠狠地说。无论如何，说着牢骚话的他还是和我去了那里，我已经将我们何时到达发电报告诉了福尔摩斯，可我们到他那里却只见到一张便条，告诉我们他去路易萨姆了，并且让我们也去那，这倒很奇怪。更让我不解的是在爱贝里的起居室还有一个人和福尔摩斯在一起等候我们。只见那个男子面部表情严肃、冷酷，皮肤很黑，戴着一副灰色眼镜，那个互助会领夹在领带上非常引人注意。

"这是巴克先生，我的朋友。"福尔摩斯说，"乔赛亚·爱贝里先生，他对您的事也颇感兴趣，我们都在分头查案，不过我们都有一个同样的问题要问你。"

爱贝里先生坐了下来，心情很沉重，他神色紧张，五官抽动着，看来他已经感觉到了事态的严重性。

"有什么问题，先生们？"

"只有一个问题,您是怎样把尸体处理掉的呢?"

突然,爱贝里跳起来,并用尽全力地大喊大叫。干瘦的双手狂舞着,好像变成了一只被网困住的可怕的鹰。一时间,他那可憎的面目就在我们面前暴露无遗了,就像他的灵魂一样丑陋无比。这时,他一边往椅子上靠,一边用手捂住嘴唇,那样子似乎是要压抑咳嗽一样。福尔摩斯就像一只迅猛的老虎扑向爱贝里,并用手掐住了他的喉咙,将他的脸按到了地上,只看见从他的嘴里吐出了一粒白药丸。

"不能这么容易,乔赛亚·爱贝里,什么事都要有个规矩,巴克你怎么想呢?"

"我的马车在门口呢!"不太喜欢说话的巴克终于说了句话。

"车离这并不远,也就是几百米,我和他一块去。华生,你在这等着,半小时后我会回来。"

这个老头固然身体健壮,不过对这两个头脑反应灵敏和有丰富经验的探案高手来说,他仍是无力反击。他被拉扯着拖进了已等候在门外的马车,而我只能一个人在这倒霉的宅子守候。

还不到半小时,福尔摩斯就回来了,和他一起来的还有一位看上去精明干练的年轻警官。

"我让巴克去把手续办好了再来。"福尔摩斯说,"华生,你不知道巴克,我在萨雷海滨最恨的对手就是他。因此,当你说到这个人的外貌时我就很轻松地把你没说的先说了,他也干净利落地办了好几个案子,是吗警官?"

"是的,他确实帮助办了几件案子。"警官说。

"可以看出,他和我的办案方法一致,都不要默守条框,要明白,不按规矩办事,有时还是有必要的。就以您为例,您常常向那些罪犯说,他所说的每句话都会成为他的供词,但是这种话并不让罪犯害怕,也不能让他因为这句话而供认罪状。"

"或许这不能让他招供,但我仍然达到了一个目的,不要认为我们没有自己的想法,假如是那样,我们就不会接手此案。但是当你用你的方式来管这个案子时,而我们又不能用您那种方法,此时您不但把我们的荣誉夺走了,而且使我们面子上过不去，我想这种心情您能理解。"

"我向你保证，没人要把你的荣誉抢走，以后我永不再出头露面，我会自行消失，还有巴克，除了我让他做的事以外，他什么都没干。"

这些话让这个警官轻松了许多。

"福尔摩斯先生，您可真是海涵。赞誉也好指责也罢，对于您都不重要，但对我们来说意义就不同了，特别是那些记者提问的时候，这个重要性就特别明显了。"

"没错，那些记者一定会向你提问的，所以您还是早有准备的好。例如，有个头脑伶俐的记者问您，究竟是什么让你有了怀疑，并且让您找到了元凶，你怎么回答呢？"

这个警官似乎有些不知如何作答。

"从现在看，我没有什么确凿的证据。您说那个罪犯在三位证人的面前要自杀，其实这样一来就表明他已经承认自己的罪行，除了这点您还有别的证据吗？"

"您有没有让人来搜查呢？"

"有三个警察马上就来。"

"我相信，用不了多久您就能查到真相了，尸体一定在附近，不妨去地下室和花园找一找，到可疑的地方挖一挖，这用不了多久。这所房子历史悠久，在这周围一定会有不用了的水井，可以去那里试试。"

"那么您又是如何知道的呢？这件案子怎么是这样的呢？"

"我先说一说这个案子是如何发生的，然后再作解释，更为重要的是，我要向我那不辞辛苦、起了重要作用的朋友说一说。但是你们首先应想一下这个人的心理。这个老头的心理很不健康。因此我觉得他要面临的是绞刑架并不准确，应是精神的枷锁，更深一点说，他的性格还停留在中世纪的意大利，却不在现代的英国。他那么爱钱，像生命一样珍惜，这让他的妻子不能忍受，这样她就打算找个胆大的人和她一起逃走，而那个年轻的医生正如她心愿。华生，爱贝里有很好的棋艺，这一点证明他善于用心计。他像其他的小气鬼一样，有强烈的嫉妒心，这使他变得不再理智，他不管真假，就认为他妻子对他不忠，因此为了向他们表示报复，他就将计划设计得自认为天衣无缝！来这里看看！"

福尔摩斯在前面领我们穿过走廊，看他胸有成竹的样子，好像他对这里非常熟悉，就像是在这里住过一样。他在敞开的保险库门前停了下来。

"噢！这里的油漆味太难闻了！"警官大叫着。

"这就是我们第一个线索。"福尔摩斯说道，"您得感谢华生，因为是他发现了这个线索，虽然他并没有明显地提出来，却让我们有了可以追踪的线索。此时这个老头为什么要把满屋子都弄得油漆味十足呢？很明显，他是想借助这种气味来掩盖另一种味道或许就是恶臭味。后来我又联想到现在看到的这个铁窗和铁门的房间完全密封，将这两条线索联系起来会有什么结果呢？我就想要来检查检查这个房间。之后我又检查了剧院和票房的售票表，这里华生立了功。

"我查到了那晚第二排座位号为32和30两个座位都没人，这样我意识到这个案子的严重性。因此可以证明爱贝里并没去剧院，这样一来证明他不在现场的证据就有了。他犯了一个最大最严重的错误，就是让我的朋友、精明的华生记住了他的戏票号。接下来就是怎样才能检查房间了。我派了一位助手去了与这件案件一点关系都没有的村子，让他打电报把这个老头骗去，这样可以让他在一段时间内不能回来。为了防止出差错，我又让华生在他身边跟着他，而那位牧师的名字又是我从名人录上查到的，你明白我说的一切了吗？"

"这种破案方法真是高深莫测呀！"警察特别佩服地说。

"因为我没有了后顾之忧，所以我要去看一看这屋子，假如让我重新选择职业，那我一定会干夜间偷窃这行，那是因为我肯定自己一定会成为这行的佼佼者。请留意我所说的情况，你瞧这条管道很奇怪！它沿着墙角通到上边，有一个开关在这个角落，就像看见的一样，这根管延伸到了保险库里面，但这个管道的末端却被埋进了用水泥做的软管里面，全都被天花板盖住了。但管子的末端并未加封，不论什么时候，只要将屋外的开关打开，那么煤气就会充满这间屋子，在这个门窗都被密封的情况下，将阀门全部打开，被关在里面的人只需两分钟就会精神恍惚。但我却不知道他是用什么样的方法将他们骗进屋子的。我想只要他们一进这扇铁门里，那就只有任人摆布，听天由命了。"

警官对这个很感兴趣，又检查了一下那根管道。

"我们警察局也有位警官说曾闻到有煤气味，他说此话时，门窗是开着的，并且已经有一部分油漆已经涂到了墙上。据老头说，在前一天就已经刷油漆了，那么后来又怎样了，福尔摩斯先生？"

"噢，接下来有件让我意想不到的事发生了。一大早，我刚从食品室的窗口爬出来，却被一只手揪住了我的衣领，只听见说：'好呀，你这个小偷，在这干什么？'我转过身一看才知道，原来是我的朋友也是对手戴着墨镜的巴克先生。这次真奇特，让我们在这相遇，我们不禁笑了。他好像是雷•欧雷斯特医生的家人请的，也在调查此案，他和我一样得出蓄意谋杀的结论，他对这所宅子已监视了几天，还把来此的华生医生也当做可疑的人并且进行了跟踪。他没有办法将华生抓起来，但当他看见有人从食品室的窗户向外爬，他就忍不住了。于是我就将这事和他说清楚了，接着我们就一块合力侦破这个案子了。"

"那么您为什么要和他却不和我们一块办这件案子呢？"

"因为我准备做小实验，我怕你们不干，但现在看来实验结果还是很好的。"

这时，听完这话的警官笑着说："的确，我们不能这么做，福尔摩斯先生，听您的意思，您现在是不想再理会这案子了！希望把您查的结果给我们。"

"是的，我一向是这样。"

"好吧，我代表警方谢谢您。依您看来，这件案子已经破了，并且尸体也能找到。"

"我把更为有力的证据告诉你，我能肯定或许就是爱贝里本人也不可能想到我发现这一点。"福尔摩斯说道。

接着他又说："假设一下，如果您被关在房子里你会怎么做呢？这要有想象力才行，不过应该试一试。假如你被关在这个房子里了，不到两分钟，如果您想要报复置于你死地的魔鬼，你会有什么反应呢？"

"写张纸条。"

"对了，您想将死因告诉世人，但假如写在纸上会被人看到，就没用了。另外写在墙上同样也会让人发现，好吧，看这儿！在墙角的上方果然有字，是用紫色的铅笔快速写下来的，并且擦不掉，上面写着'我们是……'就没了。"

"您有什么看法吗？"

"噢，这太简单了。这一定是被煤气熏得躺在地板上的人临死前写的。不过没有写完他便不行了。"

"他是想写：我们是被人谋杀的。"

"我也认为是这样。你们若能在尸体上发现有紫色铅笔的痕迹的话……"

"好，请您放心，我们会全力寻找，还有那些证券的事如何处理呢？显而易见，这里根本就没有被窃，不过我们已查过，的确他有些证券。"

"你想，他肯定会将证券收好放在安全的位置，等时间久了，人们对此漠然了，他才会突然找到那些证券或许会说是那两个不知廉耻的人将此物送还了回来，也许会说他们把这些东西扔到了路上。"

"这样一来，您把所有的疑点都解决了，那么他去我们那报案是正常的，但我不明白他又来找您干什么呢？"

"就是自认很高明吗！"福尔摩斯说，"他对自己的计划很有信心，认为无人能破此案。这样，他就能向那些有疑问的人说：'您看我已报了案，甚至还找了福尔摩斯侦探，我已经采取了行动。'"

听完后警官大笑不止。

"我们很理解你说'甚至'二字，这件案子的侦破方法让我大开眼界，以前从不知道。"

又过了几天，我的朋友给我看了一本名叫《北萨里观察家》双周刊的书籍。其中的一个标题很醒目，它是以"可怕的黑"开头，以"警方不凡的破案"为结尾。有整个一大段内容都是讲述这件案子的破案过程的，文章最后一段在全文中最有价值，内容如下：

> 由于警官具有非常机敏的洞察力，利用这点他推断出油漆味是为了掩盖其他气味，例如煤气；另外还准确地判断出行凶的场所就是保险库，继而他又在一口拿狗窝当掩体的废弃水井中找到了那两具尸体，这些都会成为警官们超越常人智慧的见证，同时也会被镌刻到犯罪学研究的丰碑之上。

"噢，他可真不错。"气度不凡的福尔摩斯微笑着说，"华生，你可以将此事写进我的案例中并存档，我想总有一天它会被世人所知晓的。"